徳間文庫

ゴールド・マイク

赤川次郎

徳間書店

目次

1　デュエット

「あ！」

床を這う太いコードにつまずいて、あすかは危うく転びそうになった。

「あすか！　気を付けて！」

佳美はあわてて友だちの腕を取って、支えた。

「ごめん……」

「大きな声、出さないで」

と、注意される。「すぐそこがステージだからね。聞こえちゃうよ」

「すみません」

と、佳美は小声で謝った。「——あすか、大丈夫？　どこかぶつけた？」

「何ともない……。暗くて……」

あすかは心細げな声を出した。

「ステージに出たら、ライト当るからね。まともに見ちゃだめよ。この前みたいに何も見えなくなっちゃう」

「うん」

「ちょっと……。リボン、曲ってる」

佳美は肩からさげたギターを脇(わき)へ回して、あすかの服を直してやった。それから、

「私、どう？」

「うん。——大丈夫」

「ちゃんと見てる？」

と、佳美は笑って、「落ちついてね、あすか」

「うん」

二人の前に歌っている子の声が聞こえてくる。

あがっているのだろう、声が高くなると震えてしまう。——他人のことは分っても、いざ自分がステージに立って、審査員の、いささかうんざりした気分を隠さない視線にさらされながら歌ってみると、やはりいつもカラオケボックスで友だち同士歌うのとはまるで違う。

前田(まえだ)佳美。川畑(かわばた)あすか。——二人は十七歳、同じ高校の二年生である。

「——終った」

と、佳美は言った。

ステージでは、歌い終った子が緊張して立っている。そして、審査員が面倒くささそ

うにコメントをして終る。

「——もっとしっかり声を出してね。リズムも少しずれてたし」

何気なく言っているのだろうが、言われている方は深い谷底へ放り込まれる気分だろう。

佳美は、ギターの弦をそっと弾いて、音が合っていることを確かめた。

パラパラとまばらな拍手が起こって、前の子が反対側の袖へ消える。

さあ。——出番だ。


「じゃ、次の人」

と、面倒くさそうな声がする。

TV中継などの入る、全国大会とか決勝なら、本職の司会者が適当に場を盛り上げ、時には出場者の緊張をほぐしてくれたりもするのだろうが、地区予選では仕方ない。

「出て！」

と、スタッフが手で合図する。

あすかと佳美の二人は、ステージへ出て行った。


ライトが正面から当っている。

あすかは、「見ちゃいけない」と分っているのに、どうしてもライトの方へ目を上げてしまう。自分でも、「いけない！」と思っているのだが、どうすることもできない。

それでも、今日は目がくらむほどまぶしくなかった。

ステージは、まるで遥（はる）かに広がる砂漠か海のように感じられた。

ともかくマイクの所まで辿（たど）り着くだけで、あすかはすっかり疲れてしまった。

「――37番、前田佳美です」

「――川畑あすかです」

二人で審査員席へ頭を下げる。

ライトを浴びているので、ステージの上からは、審査員の顔などほとんど見えない。むろん、七人か八人、そこに並んでいる人々が、佳美や自分をどう見ているのか、見当もつかなかった。

「行くよ」

と、佳美が小声で言った。

あすかは小さく肯（うなず）いた。――目の前にマイクがある。

高さは？――大丈夫。ちょうどいいくらいだ。

佳美の指がギターの弦を弾き始めた。

あすかは大きく深呼吸した。入りを間違えないようにしなきゃ。

大丈夫。——大丈夫だ。

最初の歌詞って……何だったっけ？

一瞬ヒヤリとしたが、ああ、そうだ。憶えてる。

「風が立って、校庭は秋——」

そう、大丈夫。

あすかは、いつになく落ちついている自分に、何だか今日は何もかもうまく行くような気がしていた……。


お願い！　入りを間違えないでね。

佳美は祈るような思いで、ギターの前奏を終った。——さあ、あすか！　揃って、出るわよ！

——前田佳美が、川畑あすかと組んでこのゴールド・マイク新人大賞に挑戦するのも三度目である。

自作の歌を自分で歌って競うこの大会は、全国各地の予選から数えると何千という数の若者たちが参加する。そして、たった一人が、グラン・プリの〈ゴールド・マイク〉を手にすることができる。

まだスタートして五年のこのコンクールがこれほど話題になるのは、二年目、三年目と、優勝者がたちまち売れっ子の歌手としてスターの座に駆け上ったからである。

もちろん――佳美とあすかの、このデュエットには、遠い先の目標だ。何しろ、前の二回は地区予選で落ちている。

だが、三回ともテープ審査は通って、審査員の前で歌うところまでは来た。

それだけでも、学校などでは、

「凄いじゃない」

と言ってもらえる……。

でも、今度は何だかうまく行きそうな予感が、佳美にはあった。

歌は――そう、無事にスタートした。

穏やかな海を滑るヨットのように。後は、大波や風で沈没してしまわないようにすることだ！

――佳美は、審査員が関心を持っているのを感じていた。

今年はチャンスだ！

あすかにそう言っていたのは根拠のないことではない。というのも、今年から審査員が全員入れ替っているのだ。

ギター一本の伴奏で歌う、こういうデュエットが、まず珍しいということで、関心を持ってくれているのが分る。

　さあ！　ここで頑張らないと。

　あすか……。お願いよ。間違えないで。

　いや、間違ってもいい。そのときに平気な顔で歌い続けられる度胸があれば。

　あすかは、高い、よく通るきれいな声をしていた。佳美には裏声でも出せない高い声を楽に出すことができる。

　その「声」をアピールするのだ。そうすればきっと……。


　やれるじゃない！

　あすかは、去年と違って声が震えず、高い方も引っくり返らずに出るので、すっかり気をよくしていた。

　これなら行ける！

　ワンコーラス終って、ギターの間奏。審査員が、お義理でなく、興味を持っているのをあすかも見てとっていた。

　審査員席のことが分るだけでも、あすかにとっては大変なことなのである……。

　さあ、歌だ！

　幸先（さいさき）がいい。だめ、と思われたら、ワンコーラスすんだところでストップがかかるのだ。

佳美が肯いて見せた。

さあ、聞かせどころだ！

あすかは張り切ってマイクへ寄った。

「気を付けて！」

と、佳美の声が耳に入ったとき、あすかは半拍早く、歌に入ってしまっていた。

佳美は思わず目をつぶった。

——やっちゃった！

あすかが気付いて、ハッと歌が途切れてしまう。

続けて！　歌って！

佳美はギターで伴奏をつけていく。あすかは何とかまた歌い出したが、たちまちガタガタに崩れてしまった。

頭に血が上って、何が何だか分らなくなっている。

歌が途切れて、立ち往生してしまう。

——だめだ。

佳美は諦めて、弾くのを止めると、

「すみません」

と、頭を下げた。

あすかは青ざめた顔で、ただ頭を下げただけ。

二人は、ステージから退がろうとした。そのとき、審査員の中から、

「あ、ちょっと」

と、声がかかった。

二人が足を止めると、審査員の一人がマイクを手にして、

「君たちは同じ高校？」

と訊いた。

「──はい」

佳美が答える。「同じ高校です」

「もともと、友だち同士なんだね」

「はい」

「ありがとう。もういいよ」

中年の、少し派手なスーツを着たその男は、マイクを置いた。

──二人はステージの袖へ入って、

「ご苦労さん」

と、係の男に肩を叩かれた。「また、頑張れよ」

佳美たちは、楽屋へ戻って行った。

二人きりになって、やっとあすかが言った。「私って、だめなんだ」

「そんなことないって」

佳美は首を振って、「結構いいところまで行ってたのにね」

「何度も同じこと、くり返して……。佳美。誰か別のパートナーを見付けてよ」

と、あすかが言うと、佳美は笑った。

ただ、何も言わずに笑った。──あすかはその佳美の気持が嬉しくて、思わず、目がうるんでしまったのだった……。

「──ごめん」

「はい」

2　名刺

「お疲れさま」

と、声を互いにかけ合って、本選に残れなかった子たちが帰っていく。

「待って！」

と、そこへ係の男が飛んで来て、「ごめん！　忘れてた！　今度から、みんなに車代が出るんだ。まだみんないる？」

「やった！」

と、喜んでいる子もいる。

喜ぶほどのことでもないのだが、すぐに気持が切り換えられるのが若さというものだろう。

「受け取ったらサインして」

と言われて、

「私、サインしてくる」

と、佳美が言って、「あすか、ギター、持っててくれる」

「うん」

あすかは、楽屋口の少しわきへ退がった所で、ギターをさげて、佳美の戻るのを待っていた。

悔しくはあるが、むしろ今は終ったことにホッとしていた。悔しがっても、自分のせいで落ちたのだから、仕方ない。

私って、結局、歌手って柄じゃないんだわ、と思う。あがり性というのは、回数を重ねても直らないのだろう。

そう、カラオケボックスで友だちから拍手してもらうのが私には似合ってる……。

「——もう一人の子は？」

突然、声がして、あすかはびっくりした。

「あの……何ですか？」

「君、さっきデュエットしてた子だろ？　もう一人は？」

ああ。——思い出した。

ステージから退がろうとしたとき、「もともと友だち同士か」と訊いた審査員だ。

「今、お車代をもらいに……」

と、あすかは言った。「さっきはどうも」

「そうか」

男は、ポケットから名刺を出すと、「ここへ、明日の午後、来られるか？」

「え？」

あすかはびっくりした。名刺には〈NK音楽事務所　中津啓介〉とあった。

「裏に地図がある」

と、中津というその男が言った。「明日の午後三時。来られるかね」

「三時ですか……。学校があって――」

と言いかけて、「でも――一時間くらい早退しても平気ですけど」

「よし。じゃ、待ってる」

「あの――佳美にも訊いてみます！　あの子、色々役員やってるんで、忙しいんです」

「二人を呼んでるんじゃない。君一人だ」

と、中津は言った。

「――え？」

「もう一人の子には何も言うな。分ったね」

「でも……」

「だから訊いたんだ。友だち同士か、と。どうしても一人じゃ来られないと言うのなら、もうこの話はなかったことにしよう」

あすかは、わけが分らなかった。

「でも……歌を作ったのは佳美の方なんです。それに、佳美はしっかりしてて、ギターも――」

と言いかけ、「ああ！　私がギター持ってるんで、勘違いされたんじゃないですか？　私、途中で間違えて、歌えなくなった方ですけど」

中津は、愉快そうに笑って、

「いくら何でも、君ら二人をごっちゃにしやしないよ。他の審査員は、どう思ったか知らないが、僕は君に素質があると思ったんだ。もう一人の子は、しっかりしてるかもしれんが、だからといって、スターにはなれない」

「スター……」

「もちろん、それはこれからの君次第だがね」

中津はニヤリと笑って、「じゃ、明日、待ってるよ」

と行きかけ、振り向くと、

「友だちには黙ってるんだ。いいね」

――あすかはポカンとして、中津の後ろ姿を見送っていた。

そこへ、佳美が戻ってくる。

「もらって来たよ、あすかの分も！」

と、封筒を振って見せて、「何か甘いもんでも食べて行く?」

「佳美……」

「どうしたの?」

あすかは、手にした名刺の感触を、確かめていた。

「あすか。――大丈夫?」

「うん」

あすかは、手の中の名刺を、素早くポケットへ入れると、「何でもない」

と、言った。

「ギター、持つわ。じゃ、行こう。――この次は、やってやろうね」

「うん……」

二人は表に出て歩き出した。

日曜日の夕方、五月の連休が明けて間もない空は爽やかで、赤く夕焼けが広がっていた。

「――あすか、お兄さんの具合、どう?」

と、佳美が訊いた。

「え?」

ふっと我に返って、「――うん。相変らず」

「そう。気長にね。焦ってもいいことないんだって。本人が一番焦ってるんだよね、きっと」

「うん……」

あすかの兄、川畑亮(りょう)は、去年大学を出て、有名企業に就職したけれど、半年ほどでノイローゼになり、出社できなくなった。

結局、この春退社して、家でぶらぶらしている。兄のことで、父と母は年中言い争っていた。

あすかと昔からの友だちである佳美は、亮のことも知っていて、心配してくれている。

佳美……。そう、私の一番の親友なんだ。

佳美に黙って、あの中津とかいう男の所へ行くなんて。そんなことできない！

もし後で分ったら、佳美はどう思うだろう。

そうだ。――私たちはいつも「二人一組」の歌い手なんだ。

あの中津にそう言ってやろう。

スターに？　そう簡単になれるわけないじゃないの！

そんないい加減な話のために、友情を失(な)くしたら……。

「佳美」

と、あすかは言った。

「なあに？」

あすかは、少し間を置いて言った。

「何でもない」

「――変な子」

と、佳美は笑って、「さあ、またギターの練習しようっと！」

夕方の涼しい風が吹いて来て、あすかの熱い頰をなでて行った。


午後三時を五分過ぎていた。

――どうして来てしまったんだろう。

あすかは、重苦しい気持で、そのドアの前に立っていた。

〈NK音楽事務所〉

そう大きくはないが、小ぎれいな新しいビルの一室。

あすかは、学校帰りの、ブレザーの制服のままで、ここへやって来た。三時ちょうどには、このドアの前に立っていたのだ。

でも、ノックするだけの決心がつかない。

学校だって、「気分が悪くて」と言って早退して来た。

佳美が心配して、校門まで送ってくれたとき、あすかはよっぽど本当のことを言おうかと思った。

でも――結局、こうしてやって来てしまったのだ。

ドアの方へ手を出しかけては止める。そんなことを、三回もくり返していた。

せっかくここまで来たんだし……。でも、佳美に何と言おう？

帰ろう。やっぱり、友だちに嘘をついてまで、こんなことをしてはいけない。

そう思ったとき、ドアが開いて、中津啓介が立っていた。

「来たね。――五分遅刻だ」

「すみません」

と、あすかは言った。「あの、私――」

「時間を守るのは、この仕事の鉄則だよ。さ、入って」

「あ……」

さっさと中へ引張り込まれ、あすかは、わけの分らない内に、ともかく妙なスタイルをした数人の男たちに紹介された。

「――川畑あすか？　いいじゃないか。それで行こう。『あすか』はひらがな？」

「写真をまず――」

「それより、先生の所へ連れてくのが第一。時間がない」

と、中津が言って、「一緒に来たまえ」

あすかは、そのままオフィスを出て、中津の車で出かけることになった。

「――何するんですか？」

とあすかは車の中で、やっと口を開くことができた。

「これからKプロのスタジオへ連れて行く。名前ぐらい知ってるだろう？」

「はい。水科雄二（みずしなゆうじ）とかのいる……」

「そうそう。その水科雄二に会いに行くんだ」

「――まさか」

と、あすかは言った。

水科雄二は、今の音楽界で五人の内に入るヒットメーカーである。作曲家、プロデューサー、歌手。

「彼の歌、どれか歌えるか？」

「もちろん。五、六曲は……」

「じゃ充分だ。今日はしっかり歌えよ」

「私……水科雄二の前で歌うんですか？」

あすかは、早くも青ざめた。「そんな……。私一人じゃ無理です」

「君一人でなきゃだめだ」

と、中津はハンドルを握りながら、言った。「君の友だちは、リーダー的な性格だし、ギターもそこそこ弾ける。しかし、作曲でも、ギターでも、プロならあれ以上のがいくらでもいる」

「だけど……」

「しかし、君の声は、君だけのものだ。高い音が澄んでいて、低い方へ切り替るところがいい」

「スムーズにいかないんです」

「そこがいいんだ。変り目のところに何とも言えない魅力がある」

あすかは呆然（ぼうぜん）としていた。

「——もちろん、レッスンは一からやる。しかし、上手（うま）くなり過ぎなくていい。分るか？」

「そんなこと……考えられません」

「君が歌手になると言ったら、家ではどう思うかな？」

「父と母ですか。——きっと怒ります」

「じゃ、後戻りできないところまでやっちまってから、打ち明けるんだな」

「それと……学校でも……」

「やめればいい」

と、中津は言った。「転校だ。いくらでも手はある」

あすかは、しばし言葉もなかったが、

「——でも、どうして？　まともに歌えなかったのに」

「他の審査員は、歌の上手い下手だけ見ている。僕は違う。商売になるかどうか。それが第一だ」

中津は自信たっぷりに言った。「君はスターになれる。信じてくれ」

あすかは膝(ひざ)の上の鞄(かばん)をギュッと握りしめた。

——これは夢？

不安と、ときめきと。あすかはもう走り出していた。自分でも知らない内に、走り出していたのだ。

3 病身

角を曲れば、あすかの家が見える。

少し足どりを速めたとき、角を曲って現われたのは、あすかの母親、川畑しのぶだった。

「あら、前田さん」

と、しのぶは笑顔になって、「元気? 昨日は、またあすかと歌のコンテストに出たんですってね」

老けたなあ、と前田佳美はしのぶを一目見て思った。そう長く会っていなかったわけではない。せいぜい二、三か月のものだが。

「いつも私が引張り出してるんです。すみません」

と、佳美は言った。

「いいえ。あすかも、家にいるばかりじゃ可哀(かわい)そうですもの。少しは気晴らしになって、いいんですよ」

と、しのぶはため息をついて、「主人が怒りっぽくなってて、息子に当れないもんだから、つい、あすかに当っちゃうの。主人も後悔してるんですけど。あすかにそうは言わないから……」

「あの――具合、どうですか？」

佳美は、今日、「気分が悪い」と言って早退したあすかのことが気になって、帰宅途中に寄ってみることにしたのだ。だから、「具合」というのも、当然あすかのことを訊いたのだが、母親のしのぶは、

「ええ、一向にね……。主人が『根性が足りない』なんて言ったのを、お医者様に叱られてね。そういう言い方が、一番良くないんですってね」

佳美には、しのぶが、あすかの兄、川畑亮のことを言っているのだとすぐに分った。一旦就職して、ノイローゼで出社拒否になって辞めてしまった息子が、父親から見たら、ふがいなく思えるのだろう。

父親――川畑照夫といったか――には、佳美はほんの二、三回しか会ったことがないが、いかにも貧しい中から一流企業の幹部にまでのし上った人らしい、エネルギッシュな印象だった。

でも、あすかはどうしたのだろう？

今の母親の言葉で、あすかが帰宅していないらしいことは分った。

「気分が悪い」と言っていたあすか……。どこか途中で倒れてでもいたら――。

まず佳美が心配したのは、そのことだった。

「——あすかにご用？」

と、しのぶが言った。

「ええ。あの……」

「今、家を出るときに電話があったわ。図書館に寄ってて、もう少しかかるって。佳美ちゃんには何も言ってなかった？」

「あ……。そうですか。それならいいんです。あの……今日は、たまたま学校で話さなかったんで」

「何なら、夜でも電話させるけど」

「いいえ、いいんです。明日で充分間に合うので。それじゃ」

「また、遊びに来てね」

買物へ行くのだろう。しのぶが、ショッピングカートを引いて歩いて行く。

「——あすかったら」

気分が悪い、なんて言って！

佳美は、腹を立ててもいたが、むしろ心配の方が大きかった。

あすかは、気の弱い子である。そして、佳美に、たいていのことなら打ち明けてくれる。

その佳美にまで嘘をついて、早退した……。

まず考えるのは、やはり「男」のこと。ボーイフレンドでもできたのだろうか？

しかし、それなら、佳美にだって分りそうなものだし、今日突然そうなった、というわけでもあるまい。

おかしい……。佳美は首をかしげた。

「――やあ」

と、声をかけられて、びっくりして振り向く。

「あの……」

「僕だよ。川畑亮。忘れちゃった？」

「あ――。いえ、もちろん憶えてますけど……」

あすかの兄だ。

「こんな格好してるからね」

と、川畑亮は笑って、「ちょっとタバコとジュースを買いに出たんだ。佳美君、変らないね」

「そうですか？」

――何となく一緒に歩き出したが、佳美はショックを受けたことを、相手に悟られまいとして、目を合せないようにしていた。

前に会ったとき、亮は若々しい新人サラリーマンで、多少疲れた感じはあったが、爽やかな青年だった。それが……。

今は、髪ものび放題、不精ひげがザラつくほどにのびて、びっくりするほど太ってしまっていた。それも、いかにもだらしない太り方で、トレーナー姿に裸足でサンダルを引っかけて歩いているのも、見ていて気持いいものではなかった。

「――あすかの奴、すっかり佳美君に頼り切ってるよ。姉さんみたいな感じなんじゃないかな」

と、亮は言った。「あいつも、気が弱くて、すぐ落ち込むからね。よろしく頼むよ」

「ええ……」

佳美は、亮に話しかけたかった。何でもいい。

何してるんですか、いつも？――とでも。

だけど、言葉が出て来なかった。早く、亮から離れたかった。

「じゃあ、僕はここで」

コンビニの前で、亮が言ったので、佳美はホッとした。

「じゃ、さよなら」

と、会釈して行こうとすると、

「そんなこと言わないでくれよ」

と、亮が突然真面目な顔になって言い出した。

「え？」

「どうして、『また今度』とか、言ってくれないんだ。もう二度と会いたくないのかい？」

「そんなつもりじゃ……。ごめんなさい」

「いいんだ……。みんなそうなんだ。このコンビニだってね、僕が入って行くと、店の子がみんな目配せするんだ。『また、あの変なのが来たぜ』って。早く出てけ、と思ってるのが分るんだ」

「そんな……」

「君だってそう思ってるんだ。そうだろ？　さ、もう行ってくれ」

「私、何も――」

と言いかけて、でも、佳美も何を言っていいのか分らなかった。「失礼します」

また、と言うのもわざとらしい気がして、佳美はさっさと歩き出し、振り向かなかった。

――あれじゃ、あすかも大変だ。可哀そうに。

それにしても、あすか、どこに行ってるんだろう？

暑いわけでもないのに、あすかはびっしょり汗をかいていた。

何時間歌っただろう?――喉がおかしくならないのがふしぎだ。

広い窓ガラスの向うに、中津と水科雄二の顔が見えた。

あすかは、スタジオの中に一人で入り、ヘッドホンから聞こえてくるカラオケテープに合せて、次から次へと歌わされていた。

初めの内こそ、水科雄二が聞いてくれる、というだけで緊張していた。誰だって、年中TVで見る顔が目の前にあって、じっと自分の方を見つめているとなれば、あがってしまうだろう。

でも、五曲、六曲と歌わされる内、そんな呑気なことは言っていられなくなったのだ。歌うだけで精一杯。誰が聞いてたって関係ない!

最後の二、三曲は半ばやけになって歌っていた。音程なんて、合っているのか外れているのか、自分でも分らない。

テープが止った。

ガラスの向うで、水科雄二が長い髪をかき上げながら、中津と話している。

何の話をしているのか、あすかには全然聞こえないのだ。あすかの方を見もしない。

ということは、まるで関係ない話でもしてるんじゃないの?

「この間行ったラーメン屋は旨かった」

とか——そんな話してるわけないか。

水科がやっとあすかの方を見て、ヘッドホンを外すように身ぶりで言った。

「はい、ご苦労さん」

と、水科の声がした。

重い扉が開いて、中津が顔を出し、

「もういい。こっちへ来て」

と、肯いて見せた。

終った！——あすかはホッとした。

もう結果なんてどうでもいい、とさえ思った。ともかく終ったのだ。

「——お疲れさん」

と、水科雄二が笑って言った。「凄い汗だね。——おい、タオル、持ってきてやりな」

「あ、大丈夫です」

と言ったときには、水科のそばについていた男が、飛ぶような勢いで出て行って、まるで魔法のようにタオルを手に戻って来た。

「どうも……」

せっかく持って来てくれたので、あすかは額や首筋の汗を拭った。

「――くたびれた？　そうだね。三十分も歌いっ放しだったんだから」

「三十分？」

あすかはびっくりした。何時間も歌ったつもりでいたのに。

「――初めは硬くなって、全然声が出てなかった。最後の二曲ぐらいで、この中津の言ってることが分ったよ」

と、水科が言った。「確かに、君の声には独特の魅力がある」

「どうも……」

――この人、本当に水科雄二なのかしら？　あすかは、そんなことを考えていた。

いや、間違いなくそうだということは分っている。ただ、TVで見ているよりも、やせて小柄で、そして顔色など、不健康な色をしていた。

TVでは、あんなにカッコ良くて、垢抜けて、スマートに見えるのに。TVって、あてにならないんだわ。

あすかは、呑気なことを考えていた。

「ものになると思うんですけどね、この子」

と、中津は言った。「どうだろう？　水科さんの所が後押ししてくれりゃ、レコード会社だって、すぐのってくると思いますよ」

そううまくいく？――あすかは、聞いていて、おかしくなった。

よし、それじゃ、この子を売り出そう！

とか言って、アッという間にスターになっちゃうとか……。

安手なTVドラマとか漫画には、そんなのがあるけど。あすかだって、現実はそう甘くないと分っている。

「ともかく、ボイストレーニングとダンスのレッスンだね」

と、水科は言った。「その基本だけは身につけとかないと」

そうそう。それで、「残念だけど、君にはやっぱり見込みがない」と言われて、はい、さよなら。

そんなものよね。佳美に打ち明けなくて良かった！

「後は、社長と話してよ」

と、水科が言った。「ハワイに行ってるから、今。来週には帰ってると思う」

「分りました。じゃ、どうぞよろしく」

と、中津は頭を下げて、「社長さんに口添えを」

「うん。ちゃんと言っとく」

あすかは、中津にジロリと見られて、

「よろしくお願いします」

と、水科へ頭を下げた。

――中津が、車に戻ってから言った。

「感想は?」

「何だか、よく分りません」

助手席に座って、あすかは正直に言った。

「まあ、そうだろうな。しかし、考えてみろよ。水科さんが君のために、一時間もの時間を割いてくれたんだ。一時間ありゃ、あの人がいくら稼ぐと思う?」

そんなこと、初めて考えた。

「――じゃ、本当に歌手になれるかもしれないんですか、私?」

「なれるかもしれない、じゃ困る。なるんだ。もう君には金がかかってるんだからね。あのスタジオの使用料とか、ここの駐車場代とかね」

仕事って、そういうものなんだ。

車が走り出し、あすかは、

「このガソリン代も?」

と訊いた。

中津が声を上げて笑った。

4　地獄耳

「お姉ちゃん」

佳美がお風呂を出て、パジャマを着ていると、妹の可愛が顔を出した。

「あ、お風呂、入っていいよ」

「電話。変なおじさんから」

「おじさん？」

「お姉ちゃん、援助交際でもやってるのと違う？」

「そんなものやってりゃ、もっとお財布の中身が豊かよ」

と、佳美は言い返した。「誰？　今、かかってるの？」

「うん。——何とかプロ、だって」

「プロ？」

「怪しげなプロダクションなら、やめときなよ。きっと、お姉ちゃんのヌードでも撮るつもりだよ」

「誰が私の裸なんか見たがるのよ」

と、佳美はリビングへ入って行った。

「そりゃそうだけど」

今十五歳、中学三年生の可愛は、姉のことを心配するよりも、からかっているのである。

「——もしもし」

と、受話器を取って、佳美は言った。

相手が何者か分らないので、無愛想な言い方をしておいた。

「あんたは、〈ゴールド・マイク〉に出た二人組の子かね？」

いきなり、だみ声が佳美の耳にやかましいほど響いた。

「そうですけど……」

「まだ契約はしとらんだろうな」

「契約？　何のことですか？　それより、どなたですか？」

「何だ、さっき出た『ねえちゃん』に言ったぞ」

可愛が聞いたら、さぞ怒るだろう。

「恐れ入りますが、もう一度お願いします」

と、佳美はメモ用紙を手もとへ持って来て言った。

「〈Bプロ〉の取締役で、市川（いちかわ）というんだ。〈Bプロ〉は知ってるね？　歌い手になりたいのなら、当然知ってるだろ」

　聞いたことはあったが、誰が所属しているかまでは知らない。佳美は、相手の口のきき方の横柄さに、少々ムッとしていたので、

「存じません」

　と言ってやった。

「フン、素人だな。ま、それはともかく――どうなんだね」

「どうって……」

「分ってるんだ！　隠すことはない。Kプロの水科雄二が、おたくの歌を聞いたそうじゃないか」

　水科雄二は、もちろん佳美も知っている。しかし、市川という男の話は、佳美には全く理解できなかった。

「あの――何かのお間違えでは？　私たち、地区予選で落ちたんですが」

「分ってる。〈NK〉の中津が目をつけて、水科の所へ連れてった、と。こっちはちゃんとつかんでるんだ」

　佳美は、〈NK〉、〈ナカツ〉、とメモを取るのに必死だった。

「あの……それはどこからお聞きになったんですか？」

「どこだっていい。地獄耳の持主でね、私は」

市川という男は得意げに言った。「それでね、忠告しとくが、〈NK〉とは契約せん方がいいよ。水科はあそこの中津を信用してないんだ。中津ってのは、人当りが良くて口が上手いから、コロッと騙される子が多いが、あそこでものになった子はほとんどいない」

「はあ……」

「プロダクションは、何といっても実績だ。力のないプロに入ったら悲惨だよ。ろくな仕事は回って来ん。うちなら大手で、安心だ。ゆっくりと時間をかけてタレントを育てる」

ＣＭに付合ってる暇、ないのよね、と佳美は思った。

「承っておきます。でも、きっと何か勘違いされてるんですわ。私もあすかも、プロの歌手になろうと決めているわけでもありませんし」

「そうか」

と、市川はため息をついて、「言い含められてるね？　中津の奴！　あいつはね、もともと私の下でこの業界に入って見習いをしてたんだよ。その内に、パトロンを見付けて勝手に独立し――」

「待って下さい。何のお話だか……」

「よし。じゃ、金の話をしよう。分りやすいだろう？」

「お金……ですか」

「契約金だ。どうせ中津の所なんか、ケチだから、そんなもの払やせん。しかし、水科雄二が目をつけた以上、充分見込みがあるんだ。それを、タダで、ってのは図々しい話だからな」

佳美は、すっかり頭に来ていた。

「何も知りません！　もう一度、番号を調べてかけ直して下さい！」

と言って、電話を切ってしまった。

「──お姉ちゃん、何の話？」

可愛が、当然のことながら近くに来て興味津々の様子で聞いている。

「番号違いよ」

と、面倒くさくて言うと、

「嘘！　じゃ何で、『契約』だの『お金』だのって話が出てくるの？」

「向うの勝手な思い込み」

と、肩をすくめて、「世の中にゃ、早とちりの奴が多い！」

とは言ったものの……。

今日、あすかが学校を早退したこと、そして今の電話……。偶然だろうか？

でも──まさか。

佳美は自分の部屋に戻って、ドライヤーで髪を乾かしながら、あの〈ゴールド・マイク〉の〈参加者証〉を机の上に置いて眺めた。

――プロの歌手。

それは、ＴＶで見ているほど、甘いものではないだろう。ともかく、「なりたい」子はいくらでもいるのだ。

その中で、デビューできる子は、ほんの一部。そして、人気が出て、スターになるのは、そのまた一部……。

気が遠くなりそうな話だ。

あの〈Ｂプロ〉の市川という男。――もし、あの男のしゃべり方、話の進め方が、もっとていねいで、感じが良かったら？

佳美だって、自分の歌がＴＶやラジオで流れ、ＣＤが店先に並んで――なんて夢を見ないわけではない。あの男の話に、そのままのっていなかったとは言えないのだ。

「――あすか」

と、ドライヤーのスイッチを切って、佳美は呟（つぶや）いた。

あの市川という男、どこで佳美の家の電話番号を調べたのだろう？

〈ゴールド・マイク〉の参加申込書。――きっとそうだ。

連絡先は佳美の方になっていたのである。

佳美は、リビングへ行くと、コードレスの受話器を手に、部屋へ戻り、あすかの家へかけた。

「――もしもし？――あすか？」

「あ……。ごめんね、今日は。心配して、来てくれたんだって？」

と、あすかが言った。

「あすか、今――一人？」

「ううん。どうして？」

「じゃ、黙って聞いて」

と、佳美は言った。「〈NK〉、〈ナカツ〉、〈水科雄二〉」

あすかは、しばらく無言だった。

「――分ったわ。自分の部屋から、うちへかけて。いい？」

と、佳美は言った。

「うん……」

やっぱり！――佳美は、自分の直感が当っていたのを知った。
五、六分で、あすかからかかって来た。
「ごめんね！　隠すつもりなかったんだけど……」

「初めから話して。ね？　怒りゃしないわよ」

「うん……」

あすかは、昨日の帰り、中津という男に声をかけられたことから始めて、水科雄二に歌を聞いてもらったことまで、話した。

佳美はじっと聞いていたが、

「じゃあ、本当に水科雄二に聞いてもらったんだ。凄いじゃない」

「うん……。何だかよく分んない」

あすかの正直な気持だろう。

「聞いて。さっき、私の所に電話があったの」

「え？」

佳美の話を聞くと、あすかはびっくりして、

「もう、そんな話が他の人の耳に入るの？」

「そういう世界なのよ。――でも、困ったわね。そうなると、ビジネスの世界よ」

「私、そんなこと、何だか分んないわ」

「ともかく、あすかは学生なの。ね？　自分一人で返事はできないって、困ったときはそう言いなさい」

「うん、そうね」

「また明日、学校でね」

「分った」

あすかはホッとした様子で、「佳美――」

「うん？」

「怒られるかと思ってた」

「何言ってるの。あすかの声は、確かにすてきよ。自信持って。でも、それを仕事にするって、大変なことなのよ」

「うん、よく分る」

――佳美は、電話を切って、しばらくぼんやりと天井を見上げていた。

あすかが歌手に……。

水科雄二が、どれくらい本気で、あすかを買ってくれているのか分らないが、もし本当に売り出す気になれば、決して不可能ではないだろう。

佳美は、正直なところ、胸の辺りに目に見えないしこりができたようで、明日あすかに会ったとき、いつも通り笑顔でいられるか、自信がなかった。

――私があすかを引張り出したのだ。

それなのに……。そんなことを考えている自分が、佳美は、たまらなくいやだった。

5　ライバル

一枚の紙を二つに切ると二枚になる。それを二つに切ると四枚に。そして八枚、十六枚……。

どんどんふえて行くのだ。

嘘（うそ）というものも、似たようなものかもしれない、とあすかは思った。

たった一つの嘘を隠すために、二つも三つも嘘をつくことになる。本当は嘘なんかつきたくないのだ。それなのに……。

——学校のお昼休み。

昨日、スタジオで水科雄二に歌を聞いてもらったことを、あすかは詳しく佳美に話した。

でも——あのNK音楽事務所の中津啓介という男から念を押されていた。

「あの、デュエットを組んでた友だちに、このことをしゃべるんじゃないよ。向うは、そりゃあ、聞けばいい気持はしないさ」

そうだろうな、と、あすかも思った。

でも、もう佳美も知っている。隠すわけにはいかない。

それでも、昼休み、校庭のベンチに腰をおろして、あすかの話を聞いている佳美の顔は――あすかの気のせいかもしれないが――いくらか、いつもと違っているように見えた。

だから、あすかは、

「結果はまた連絡するって。もう何も言って来ないかもしれない」

「そうだね」

「言われたって困るし。学校にばれたらまずいでしょ。それに、うちのお父さん、お母さんがウンって言うわけないもん」

「何も、急ぐことないよ。高校出てからだって、充分時間あるしね」

と、佳美は言った。

「そうだよね。大学だって行きたいし。こんなこと、ばれたら大変だ」

と、あすかはちょっとまぶしげに空を見上げて言った。

「でも、大したもんだよ、あすか。そんな風に声かけられて、水科雄二に聞いてもらったなんて」

「佳美のおかげ。――でも、水科雄二のサイン、もらってくるの忘れちゃった！　そんなこと、思い付きもしなかった。あがっちゃって」

――二人の通うA女子学園は、短大があるのだが、今、四年制の女子大にしようという話があって、あれこれ大変である。

四年制の大学へ行きたがる子が多いので、みんな高校を出ると、外の大学へ出てしまう。学校側も、四年制にして、優秀な生徒を少しでも残しておきたいのだ。

もっとも、そのためにはお金もかかるというので、生徒の家からの寄付だの、「積立金」だの、ともかくお金集めに苦労しているらしい。

佳美の所は、妹の可愛も同じA女子学園の中学に通っているので、ますます大変である。

「うち、本当に四年制になるのかなあ」

と、あすかが言った。

「私たちの学年から、ってことでしょ、なるとしたら。でも、もう、さ来年だもんね。校舎とか、どうするんだろ」

少し話が途切れた。

そして、あすかはベンチから立ち上ると、

「夢でも見てたのかもしれないな、私」

と、笑った。「私が歌手なんてね！　笑っちゃう」

「あの〈Bプロ〉の市川って人、あすかのことも何とか調べて連絡してくるかもしれないわよ」

「そんなの、私じゃありません、って言ってやるわ」

あすかは、ちょっと腕時計を見て、

「トイレに行ってから戻る」

「うん……」

佳美は、あすかが小走りに駆けて行くのを見送っていた。

——どうなるのだろう？

オーディションに出て予選で落ちるくらいのことなら、学校も何も言わない。でも、プロダクションと契約なんてことになれば、そうスンナリとOKしてはくれないだろう。

あの〈Bプロ〉の市川という男が言ったように、「お金」の話となれば、もう「学生だから」なんて言っていられなくなるのだ……。

「お姉ちゃん！」

と、妹の可愛が軽い足どりでやって来た。

いいわね、中学生って、若くて。——もう高二の佳美はそんなことを考えたりした。

「一人寂しく、何してんの？」

「一人寂しく、じゃないわ。あすかとしゃべってたのよ。会わなかった、そこで？」

「あすかさん？　事務所の前で、電話してたよ、今」

可愛は言った。

あすかは、手帳にメモした番号を押して、腕時計を見た。

あと五分で昼休みが終る。

中津に言われていたのだ。

「明日、昼休みに、僕の携帯電話へかけてくれ。できるだけ早い方がいい」

でも、佳美と話している途中で、電話するわけにいかなかった。しかも――。

「はい」

「あの……川畑あすかです。遅くなってすみません」

と、急いで言う。

「いいんだ。君ね、今日帰りに六本木に来てくれ」

「六本木って……。どこの六本木ですか？」

六本木のどこですか、と言うつもりだったのだ。

「東京の六本木だよ」

「あ、はい」

「僕も外から回るんでね、事務所で待ってるわけにいかない。どこか知ってる店でもある？」

「六本木ってあんまり……。交差点のとこの〈アマンド〉くらいなら」

中津はため息をついて、

「本当に高校生なのか、君？　ま、いい。じゃ、〈アマンド〉の前に四時。いいね」

「はい……。でも、何するんですか？」

「写真を撮るんだ。その近くのスタジオを借りてある。服や何かはこっちで揃えて待ってるから、大丈夫。じゃ、四時にね」

せかせかしていた中津の話し方が、少し穏やかになって、「水科さんが、ゆうべ電話して来た。君を凄くいいと言ってたよ。こんなチャンス、二度と来ないぞ！　分ってるね」

「はい」

「それから、もしこのことで、誰か僕以外の人間から連絡して来ても、『何も知りません』と言っとくんだよ。いいね」

「あの、それって――」

「ともかく、すべて僕に任せておけばいい。分ったね？」

「――はい」

電話は切れた。

写真。スタジオ。

もちろん、こんなこと、佳美には言えない。でも——四時に六本木に出ようとしたら、授業が終ると同時に飛び出さなきゃ。

きっと、佳美は変だと思うだろうが……。

でも、仕方ない。今はまだ——。まだ、話すわけにはいかない……。

あすかは、始業のチャイムが鳴るのを聞いて、あわてて教室へと走って行った。


「おはようございまあす」

やや間のびした声で、彼女がホテルのラウンジへ入って来た。

折れそうなほど細い体。それだけでも、周囲の目をひいてしまいそうだが、当人は「自分の人気」だと信じている。

「あ、どうも！」

ラウンジの奥の丸テーブルを囲んだ四、五人の男たちは、一斉に立ち上って、彼女を迎えた。——二十一歳の「女王」である。

「ねえ、社長、今日帰ってくるって？」

と、甲高い、舌足らずな声で訊く。

「ええ、さっきお電話が。もうホノルルの空港だ、っておっしゃって」

「あの人って、いつもそうなのよね」

近藤(こんどう)ミチはタバコを出して、「火を貸して」

「あ……。ここ、〈禁煙席〉です」

ミチの顔がサッと青ざめた。

「私がタバコ吸うの、知ってるでしょう！　どうして〈禁煙席〉なんか取るのよ！」

甲高い声が、さらに高くなった。

「すみません！　すぐ替えてもらいます！」

と、一人がふっとんで行く。

しかし、幸い、今日の「女王」には、他に気になっていることがあったせいで、タバコをそのまま隣のスタッフのコーヒーカップへ放(ほう)り込んで、

「どうなってるの？」

と、言った。「あの人、ハワイで誰と会ってたの？」

「考えすぎですよ、ミチさん。こんなに早く帰られるってこと自体、ミチさんに会いたがってらっしゃるからですよ」

「まあね……。私ぐらい、あの人に尽くしてる女、いないんだから」

「そうですよ！　社長だって、そのことは百も承知ですから」

〈喫煙席〉のテーブルへ、一同ゾロゾロと移ると、ミチは早速タバコをふかし始めた。

——近藤ミチは歌手である。

誰が聞いても歌は下手だが、水科雄二に曲を書かせ、作詞は自分がしている——ということになっているが、実際はそうでないことは、業界なら誰でも知っていた。

それでも、近藤ミチがそこそこ売れているのは、水科雄二を抱えるKプロの社長、角倉が、ミチの「恋人」だからである。

「——社長、例の子のこともあって、急いで戻ることになったんでしょ」

と、一人が言った。

「例の子、って?」

ミチが、少し険しい目つきになる。

スターは、自分以外のスターのことなど聞きたくないのである。

「あ、新人です。まだ何とも——」

「でも、わざわざ、ハワイから帰ってくるくらいの子なの?」

「Bプロがね、その子のことを耳にして割り込んで来てるんですよ」

「Bプロって、市川? いやなおやじ!」

と、ミチは火をつけたばかりのタバコを灰皿へ押し潰した。

「中津さんが見付けてきてね、水科さんに聞いてもらったらしいですよ」

ふしぎなもので、この世界では「秘密」というものが、二日ともたない。

「何ていう子？」

「ええと……何とか『あすか』。──川……原？」

「川畑だ。川畑あすか」

もう、あすかの名前は業界を一人歩きし始めていた。

「そんなに上手(うま)いの？」

と、ミチは言った。

ミチの前で、「歌が上手い」と他の子をほめるのは絶対厳禁。

「さあ……。水科さんは、『素質ある』って言った程度らしいですよ」

「社長、Bプロにはライバル意識、凄いですからね」

ライバル、という言葉を聞くと、ミチの眉(まゆ)がピクッと動いた。

まだ二十一歳のこの新人歌手が、自分の「ライバル」が現われることに関して、どんなに敏感になっているか。

「社長さん、成田に何時に着くの？」

と、ミチが訊いた。「迎えに行ってあげようかしら、私」

6　かけ引き

「授業が終ったら、あすか、飛ぶようにして帰ってったわ」

と、佳美は言った。「何か用事があるにしても、いつも『お先に』ぐらいは私に言ってくのに」

「――いいじゃないか」

コンビニで買ったおにぎりをパクつきながら、いつものようにおっとりと言ったのは、佳美のボーイフレンド、高林　悟だ。

「別に気にしちゃいないけど」

してなきゃ、言わなければいいんだ。分ってるけど、つい……。

「向うが気にしてるのさ」

と、高林は言った。「だから黙って帰っちゃうんだ。君に悪いと思ってるから」

「うん……。そうか。そうだね」

そう思えばいいんだ。――佳美は、少し気持が落ちついた。

「ありがとう。高林君と話すと、ホッとするんだ」

佳美がそう言うと、少し照れくさそうに笑う。コロコロした、熊のぬいぐるみみたいな高林悟は、十九歳。高卒で、もうサラリーマン二年目である。

少々太めなので、おじさん風の外見。知らない人が見たら、「援助交際?」と思われそうである。

メガネの奥の目が細くて、

「それで見えるんですか?」

なんて、初めて会ったとき、佳美は訊いてしまった。

でも、そのおっとりした笑顔には本当に人を和ませるものがあって、恋だの何だのというのではないが、佳美にとっては「何でも話せる」、いい聞き手なのである。

もっとも、高林の方も安月給なので、二人で会うといっても、もっぱらコンビニで買ったパンやおにぎりを、こういう時期には公園のベンチでパクつくだけ。

でも、のんびりおしゃべりできれば、佳美にはそれで充分なのである。

「だけど、あすか君って、割と強引に言われると、弱いところがあるだろ」

と、高林が言った。「そんな、海千山千の男たちに引張り回されて、傷つかなきゃいいけどね」

「それはね、私も心配してるんだけど……」

「言ってあげた方がいいと思うときは、ちゃんと言ってあげるべきだよ。今、何か言うと、君があすか君のことをねたんで文句つけてるように受け取られるんじゃないか、って心配だろうけど、あすか君は君のことを、ちゃんと信用してると思うよ」

高林のような「社会人」がそう言ってくれると、佳美は安心する。本当に、佳美自身、いくらかはあすかに対して複雑な気持を持っていたから、人にそう言われると救われるような気分になるのだった。

「しかし、お金が絡むと、もうあすか君も『子供だから』じゃ通らなくなるしね」

高林は、本当に大人の世の中のことが分るだけに、心配してくれている。佳美は嬉しかった。

「――ねえ、高林君。今度の日曜日に映画見に行かない？」

佳美は、やっと普通のデートらしい話をしたのだった。


「――そうか。やっぱりね」

と、中津は肯いた。「市川は耳がいいんだ。――そうか。君の友だちの所へね」

「でも、佳美、『そんなこと知りません』って、切っちゃったそうです」

と、あすかは言った。「佳美、そういう点は大人ですから」

「うん、あの友だちは信用しても良さそうだね。しかし、市川が君のことを聞きつけるのは時間の問題だ。いや、たぶんもう知ってるだろう」

「じゃ……うちへ電話されたらどうしよう！」

あすかは青くなった。

「そのときは僕を悪者にしとけばいい。強引に言われて、仕方なかった、と言ってね」

「はい」

「さ、もう仕度、いいのかな？」

写真のスタジオといっても、ガランと広いだけの部屋。ただ、あちこちにライトや三脚がセットされているだけである。

あすかは、スタイリストの女性が用意してくれた、ミニの衣裳を着て、簡単にメイクされ、髪も少し手を入れてもらった。

「じゃ、ちょっとここへ」

と、カメラマンに言われて、白っぽい何もない背景の前で、小さな椅子に腰をかける。

「ポラを撮るから」

と、パッとフラッシュが光る。

ポラロイド写真で調子を見るのだ。

「――うん、こんなもんでいい」

と、中津が覗(のぞ)いて、「とりあえず、顔を売るのに必要なんだ。可愛(かわい)く撮れてりゃ、充分だ」

「じゃ、カラーとモノクロ、両方?」

「一応両方、撮っといてくれ」

と、中津が肯く。「ほら、これ、君だ」

ポラロイド写真を渡されて、あすかはまじまじとその少女を見た。

そこには、あすかとよく似た、でも初めて見る女の子がいた。

少し硬い表情で、笑いもこわばっていたけれど、そのまま週刊誌や女性雑誌のグラビアにのってもおかしくないくらい、可愛かった。

これ——私?

正直なところ、あすかは自分の写真に少々見とれてしまった。

「はい、セットの方に来て」

と、カメラマンに呼ばれると、

「はい!」

と、返事をして、あすかは素早くレンズの前へ出て行ったのだった。

「——市川さん、お電話」

と、ホステスがコードレスの受話器を持って来てくれる。「——大丈夫?」

市川は、もう大分酔っ払っていた。しかし、こんな状態で仕事の打ち合せをするのには慣れている。

「——もしもし。——ああ、俺だ」

市川は、頭に来ていた。

〈Bプロ〉を作ったのはこの俺だ!

市川はそう自負していた。

確かに、社長は市川ではない。でも、事実上、新人を見付け、売り出し、スケジュールから私生活まで管理して来たのは市川である。

当然、市川はある程度自分の判断でやっていいと思っていた。——それが社長には気に入らなかったらしい。

今日、市川は社長からガミガミ言われて、そのヤケ酒をこのバーであおっているというわけである。

「何か分ったか」

と、情報通の顔見知りを相手に、少し酔いもさめる。

「やっと、つかみました。名前は川畑あすか。十七歳の、A女子高校二年生です。一緒に組んでた子は、特に声がかからなかったそうで、その川畑あすか一人が、中津の狙いらしいですよ」

「それで、話が通じなかったのか！　その子のことを徹底的に当ってくれ。何でもいい。家族、親類、男関係からクラブ活動まで、何でもだ」

「今、やってます」

「ああ、それと学校の成績もな。先生に受けがいいかどうか」

「分りました。――そうそう、Ｋプロの角倉社長ですが」

「どうした？　今、ハワイだろ」

「それが、今夜、予定を早めて帰国するそうです」

「まさか……川畑あすかのせいじゃあるまいな」

「それだけじゃないでしょうが、どうも、市川さんが目をつけたと知って、帰る気になったようですよ」

「何だって？」

「この前のことを、よっぽど根に持ってるんですね」

「笑うな！――しかし、そうなると厄介だな」

と、市川は渋い顔で言った。

「直接、川畑あすかの家へのり込みますか」

「いや、今のところは中津が一歩先へ行ってる。こっちは一発逆転のアイデアをひねり出すしかない」

「市川さんの得意技でしょう。頑張って下さい」

「何か川畑あすかの家の弱味を見付けてくれ。父親の女関係でも、母親の男関係でもいい」

発想が単純というしかあるまい。

市川は電話を切ると、

「もう帰る。タクシーを呼んでくれ」

と、ホステスに言った。

「はいはい。お忙しいのね、相変らず」

「貧乏暇なしだ」

と言って、市川は大欠伸（あくび）した。

――タクシーは十分ほどで来て、市川は一旦（いったん）家へ帰ろうとしたが、ふと思い付いて、携帯電話で、顔なじみのモデルのマンションへかけた。

「――あら、珍しい。生きてたの？」

モデルになるのに大分市川が面倒を見てやった女の子で、一時期は市川もそのマンションに泊ったりしたものだ。

「チカ、これから行っていいか」

と、市川は言った。

「わあ、だめよ。散らかってるの。ね、どこかで夜食食べよ。おごって」

男がいるな、とピンと来たが、こっちも半年以上連絡していない。別に腹も立たなかった。

「よし、出て来られるか？」

「うん。今、どこ？」

「銀座からタクシーに乗ったところだ。良けりゃ彼氏も連れて来い」

「え？　へへ……」

と笑って、「凄（すご）く食べるよ。いい？」

「じゃ、焼肉屋だな。麻布の〈G〉でどうだ？」

「三十分で行く！」

と、チカは弾むような声で言った。

気の多い娘だが、ふしぎと腹が立たない。確かに、男に好かれるタイプなのである。

ふと、市川は思った。

川畑あすかにも、父親がいるだろう。――どんな男か知らないが、もし、たっぷりこづかいをやって、チカにその父親と「仲良く」なってくれ、と頼んだら……。

チカはいやとは言うまい。市川のことは頼りにしているし、何かのときに必要だと分っているだろうから。

それなら、今度の焼肉代も、彼氏が何人前食うか知らないが、むだな出費にはならないというものだ。

——あすかの知らないところで、大人の思惑の絡んだかけ引きは、すでに始まっているのである。

7　原石

「ねえねえ、おみやげは？」

と、ミチは角倉の腕にぶら下がるようにして甘ったれた声を出した。

いつもなら、角倉は、ミチがこうやって甘えてみせるとニヤニヤして腰に手を回してくれる。

しかし、今夜の角倉は少し違っていた。

「よせ。仕事の話があるんだ」

と、ミチの手を振り払うと、空港へ迎えに来たスタッフへ、「雄二はどこにいる？」

と訊いた。

「水科さんは、今日、ＴＶの収録でスタジオです」

若いスタッフが両手で大きなスーツケースをガラガラ引きずりながら言った。

「何時までかかる？」

「たぶん、十二時には終ってると思いますけど」

「終ったら、俺の所へ来るように言ってくれ」

「はあ……。でも——」

「何だ？　おい、車は？」

「すぐ呼びます」

空港を出て、一旦スーツケースを置くと、スタッフが携帯電話で車を呼ぶ。

「二、三分で」

「よし」

角倉は、すっかりむくれ顔の近藤ミチの方へ、初めて笑顔を見せて、「そういう顔をすると可愛くないぞ」

「どうせハワイで可愛い子と一杯デートしてたんでしょ」

と、ミチは口を尖らす。

「そんな暇があるか。駆け回ってたんだ。プールにも入ってない」

角倉は四十五歳。音楽業界では大きな力を持つプロデューサーでもある。

もちろん、それには水科雄二をKプロに抱えていることが大きかった。

大きなベンツが寄せて来て、角倉とミチは乗り込んだ。

「どちらへ行かれますか」

と訊かれて、角倉はちょっと考えていたが、

「この便で帰ると連絡してある。一旦家へ帰ってから、また出直す」

と言った。

「私は放ったらかし？」

ミチは面白くない。「せっかく迎えに来てあげたのに」

「お前はクラブ〈S〉へ行ってろ。後から行く」

角倉はミチの肩を抱き寄せた。

「今夜、泊る？」

「そうしちゃいられないんだ」

「じゃあ……一時間でも二時間でもいい」

ミチが角倉の頬にチュッと唇をつけた。

「よせ！　口紅がつくだろ。女房がうるさい」

「フン」

ミチはウエットティシューを取ると、角倉の頬をゴシゴシこすってやった。

「痛いじゃないか！」

と、角倉が苦笑いする。

「社長」

助手席のスタッフが振り向いて、「水科さん、TVの収録の後、たぶんどこかへ消えると思いますが……」

角倉はちょっと声をひそめて、

「誰とだ？」

「あら、決ってるわ。ノンちゃんよ」

と、ミチが言った。「最近すっかり仲良しだもん」

「そうか」

角倉は息をついて、「ともかく、電話でもいい。入れてくれと伝えろ」

「はい」

スタッフが早速水科雄二のマネージャーに電話を入れる。

「――ね、社長さん」

と、ミチが言った。

二人のときは、角倉が「敦夫（あつお）」という名前なので「敦ちゃん」と呼ぶことが多い。「社長さん」と呼ぶのは、「お金の話」をするとき、と決っている。

「何だ」

角倉は少し難しい顔で、夜の高速道路を眺めていた。

「ね、来週、ハワイの別荘使っていいでしょ？　お友だちと四、五人で遊びに行くの」

角倉の表情が微妙に険しくなったが、ミチは全く気付かなかった。

「あの別荘は今、使えない。改装中なんだ」

「え？　なあんだ、楽しみにしてたのに！」

「ホテルへ泊りゃいいだろ。食いものだって、作らずにすむ」

「ホテル代、Kプロにつけていい？」

角倉はちょっと苦笑して、

「ああ、いいよ」

「やった！」

「男と二人じゃないだろうな」

「違うわよ！　女の子ばっか四人。ほら、今度、高校んときの友だちが結婚するの。だから仲間同士で遊びに行こうって……」

角倉は聞いていなかった。腕組みをして、眠ってしまっていたのだ。


「お帰りなさい」

無表情な声が出迎えた。

「ああ、疲れたよ」

角倉は、スーツケースを運んで来たスタッフの若者に、「ご苦労さん。そこへ置いてってくれ」

と言った。

居間へ入ると、

「パパ、お帰り！」

と、娘の安奈がソファから飛び立つように駆けて来る。

「ああ。風邪はどうした？　治ったのか」

「もう平気！　おみやげは？」

「大して時間がなくてな。Tシャツが何枚かスーツケースに入ってる」

「サンキュー！」

安奈は十五歳。中学三年生だ。――角倉も、一人っ子の安奈を見ると、つい笑顔になる。

安奈がさっさと玄関でスーツケースを開けているのを見て、

「あんまり散らかさないでよ」

と、洋子は言って、居間の夫の方へ、

「――お風呂、入る？」

「いや、また出かけなきゃならん。雄二と今夜中に話したい」

角倉はソファに身を沈めて、「車で眠ったら、首を痛くしちまった……」

「ミチさんにもんでもらえばいいわ」

洋子が離れたソファに腰をおろす。

「洋子――」

「今、車から手を振ってたの、ミチさんでしょ。このうちで面倒みてあげたこともあるのに」

「勝手に迎えに来たんだ。今夜は帰れと言ってある」

「凄い。派手な柄！」

玄関から、安奈の声が聞こえてくる。

「それで？　どうだったの？」

と、洋子は言った。

「どうもこうも……。売るとなると、足下を見られて、ろくな値がつかない。十万ドルにもならないんだ」

「仕方ないじゃありませんか。毎月の経費がなくなるだけでもいいわ」

「うん……。結局、九万五千で手を打った」

「ちゃんと父へ報告してね」

「明日、伺って話をするよ」

角倉は洋子から目をそらしている。洋子も夫を見ないで話していた。

はたから見ると、二人でそれぞれひとり言を言っているような、ふしぎな光景だった。

「――このTシャツ、気に入った！」

安奈が、一枚を体に当てて現われた。「お母さん、これ、似合いそうだよ」

「そうね。――じゃ、もらっとくわ」

「部屋にいるね」

安奈が二階へ駆け上って行く。

「明るくはしてるけど、分ってるのよ」

と、洋子が言った。「あの子、いつも私たちが話をしてると、自分の部屋へ行っちゃうわ」

「うん……」

「ともかく――うちもできるだけ努力をしてるってことを見せないと、父も納得してくれないわ」

「分ってる」

「ミチさんとは別れてね」

洋子は、ほっそりとした色白の美人である。夫は四十五だが、洋子はまだ三十七。けれども、どこか生気がなくて、四十過ぎに見えた。

大学を出ると同時に角倉と結婚して、安奈が生れた。そのころ洋子は、「ミス女子大」に選ばれたほどの美貌が、輝くようだった……。

もともと、角倉と知り合ったのは、大学祭でのイベントにKプロの歌手が出ることになり、洋子が実行委員としてKプロへ挨拶に行ったときである。

「あいつとは、いつでも切れる」

と、角倉は言った。「しかし、ミチは別れても仕事は仕事と割り切れる女じゃない。きっとよそへ行くと言い出すだろう」

「行けばいいわ。自分の実力をもっと知らなくちゃ」

「うん。ただ――今のところ、そこそこ商売になってるからな。あいつでも、抜けられると――」

「あの人とのことを、きれいにしないと、父は助けてくれないわよ」

洋子の父、大崎は、建設業界に力を持つ政治家だ。

実のところ、今〈Kプロ〉は倒産の瀬戸際に立っていた。いくつかの海外向けのプロジェクトが次々に失敗し、莫大な借金を抱えている。

加えて、Kプロの稼ぎ頭、水科雄二が独自のプロダクションを作ってKプロから離れようとしていた。

もちろん、今でも個人の事務所は持っているが、それは税金対策で、「独立」とはわけが違う。

今、水科雄二を失うことはKプロにとって大打撃――どころか、Kプロの息の根を止めることなのである。

そして、差し当り、Kプロが生きのびるのにあてにできるのは、洋子の父親からの援助だった。

「何とか頼んでみてくれよ」

と、角倉は初めて洋子の方を見た。

「ミチとのことは、何とかする。今すぐってのは難しいが、近い内に必ず――」

「ミチさんとのことを片付けて」

と、洋子は遮って言った。「その後で、父と話をするわ」

「洋子――」

「私が言ってるんじゃないのよ。父がそう言ってるの。――出かけるんでしょ？」

洋子は立ち上って、「先に寝てるわ」

と、居間を出て行った。

角倉は、ため息をつくと、考え込んだ。

ピピピ、と携帯電話が鳴って、角倉はバッグから取り出し、

「――もしもし」

「やあ、お帰り」

水科雄二だ。

「何だ、TVの仕事はすんだのか」

「今ね。これから赤坂で食事して出かけるんだ」

「顔出しちゃ、邪魔かな?」

「構わないよ。それに――僕の方も話があるんだ」

角倉の顔から笑みが消えた。

「話って?」

「心配するなよ」

と、水科は笑って言った。「独立の話は、少し待つことにした。Kプロには恩もあるしね」

「水くさいな。仲間だろ!」

「例の女の子のことでね。聞いてるだろ」

「川畑――あすか、だったか」

「うん。あれは掘り出し物だよ」

と、水科は言った。

「その話もあって、早く戻ったんだ。じゃ、これから赤坂へ行くよ」

「じゃあ、待ってる」

店を訊いて、角倉は電話を切った。

——川畑あすか、か。

水科があれだけ気に入っているのだから、売り方次第で、とんでもない化け方をするかもしれない。

角倉は、急いで自分の車で家を出ることにした。——新しい子を見付けたときは血が騒ぐ。

何度しくじっても、光りそうな原石を見付けると、ついまた手に取ってしまうのだ。

——川畑あすか。

まだ見ても聞いてもいないが、今度はうまく行きそうな「予感」がある。

疲れもどこかへ消し飛んで、角倉はガレージへと急いだのだった。

8　発覚

「先生、休もう！」

「もう疲れたよ」

一人が言い出すと、たちまちクラス中に苦情が広がって行く。

「こんなもの、運動してる内に入らないのよ！」

と、女性の体操教師はため息をついた。「じゃ、歩いてもいいから、あと一周しなさい！」

「ワーイ」

とたんにガヤガヤとおしゃべりしながら、体操着姿で「散歩」が始まる。

「ちょっと！　おしゃべりしていいなんて言ってませんよ！」

女性教師は絶望的な声を上げた……。

何といっても女子校の体育の時間だ。やる方も「遊び半分」である。校庭も小さいので、「グラウンド」と呼べるほどの広さはなかった。

生徒たちは、何となくダラダラと、それでも時々は走ったりもしていたが――。

「――あれ、何？」

と、一人が気付いて言った。

「あ、先生。誰か写真、撮ってる」

女性教師は、校庭の柵越しに、三人ほどの男たちがカメラを生徒の方へ向けている
のを見て、顔を真赤にすると、

「こら！」

と怒鳴った。「何してるの！　やめなさい！」

生徒には言うことを聞かせられなくても、教師として、生徒を守る義務はある。

柵の方へ駆けて行くと、

「何してるんですか！」

と、叱りつけた。

しかし、相手はどう見てもプロのカメラマンたちだった。

「すみません、取材なんです」

「何ですって？」

「川畑あすかって、どの子ですか？」

狭い校庭である。――男の声は生徒たちにも届いていた。

「あすかだってよ」

と、一斉に生徒たちの目があすかに集まる。

「――あすか、教室へ入って！」

と、佳美があすかの前に立ちはだかった。

「佳美――」

「大変よ、もし写真がどこかに載ったら」

「うん。ごめん！」

あすかは、校舎の中へ駆け込んで行く。

「ちょっと、こっち向いて！」

カメラマンが大声で言った。

あすかは構わずに中へ入ってしまったが、佳美は、もうこれでは隠しようがない、とため息をついた。

カメラマンたちはブツブツ言いながら立ち去ったが、生徒たちは大騒ぎを始めていた。

「――川畑さんは？」

と、教師が戻って来て言った。

「中へ入っちゃいました」

「どういうこと？」

みんなが佳美を見る。

「――前田さん、何か知ってるの？」

「はい」

そう答えるしかない。

「じゃ、この時間がすんだら、川畑さんと二人で、先生の所へいらっしゃい」

「分りました」

――佳美は、このところあすかとあまり話していなかった。

あすかが水科雄二に歌を聞いてもらうという、「とんでもない」ことがあってから、一週間が過ぎていた。その間、あすかは忙しそうにして、帰りも一人、走るようにして帰って行った。

一度は、学校の前に迎えの車が来ていて、あすかがそれに飛び乗るようにして行ったのも、見ていた。

あすかが、もう手の届かない所へ行ってしまったようで、佳美は、寂しい気持でいたのである。

「――佳美、どうしたの？」

と、他の子たちが興味津々で訊いて来たが、佳美は何も言わなかった……。

その日。二人が学校を出たのは、もう六時を過ぎていた。

「――疲れたね」

と、佳美は言った。

「ごめんね」

あすかは、目を伏せたまま、「佳美には話しておこうと思ったんだけど……」

「何かあるな、とは思ってたよ。毎日あんな調子で帰ってれば」

二人は、もう暗くなった道を並んで歩いていた。

二人は、何人かの教師の前で、これまでのことを何もかも話さなくてはならなかった。

そして、こんなとき、きちんと順序立てて話せるのは佳美の方だった。その結果、何となく「佳美のせいで」あすかがこんなことになってしまった、という話になったのである。

正直なところ、佳美も知らないことがいくつもあった。――あすかは、既に敷かれたレールの上を走り始め、佳美が想像していたよりも、遥(はる)かに先へ行っていたのである。

「――もう、歌手デビューするって決ってるんだね」

「うん……。そうみたい」

あすかは、他人事のような言い方をした。

「お宅では？」

あすかは首を振って、

「何もまだ話してない」

と言った。「――兄のことがあるから、うちじゃ、あんまり私のこと、気にしてないの」

「そうか……。でも、話さないと」

「うん」

「学校から何か連絡行くよ、きっと」

「分ってる。今夜、話す」

あすかは、ため息をついて、「でも――どうしちゃったんだろ？　こんなことになるなんて」

佳美はちょっと笑って、

「みんな羨しがるよ。その内、週刊誌や音楽雑誌のグラビアに、あすかが載って。――凄いことだよ」

「佳美、私――」

と、あすかが何か言いかけた。

そのとき、

「おい！　あすか君！」

と、男の声が飛んで来て、あすかが言葉を切った。

車のわきに立って、男が手を振っている。

「あの人――」

佳美も憶(おぼ)えていた。「審査員だった人ね」

その男は二人の方へ大股(おおまた)にやってくると、

「ああ、あのときデュエットしてた子だね」

と、佳美に言った。「僕は中津。あすか君を売り出そうとしてる。聞いてるだろう？」

「はい」

「いや、君には感謝してる。君があのオーディションに参加してくれなければ、このすばらしい『声』は埋れたままだったかもしれない」

と、中津は言った。「水科雄二が、あすか君に惚(ほ)れ込んで大変なんだ。デビュー曲は彼が作ることになった」

あすかは、

「もう行った方がいいんでしょ」

と、中津に言った。「また道が混んでると……」

「ああ、行こう。それじゃ」

「あすかをよろしく」

と、佳美は頭を下げたが、「――中津さん」

「何だい？」

「あすかのご両親に、きちんと話をして下さい。あすかからは言いにくいと思いますから」

「分った。――もうそろそろ言わなくちゃ、と彼女とも話してたところなんだよ」

中津は微笑んで肯くと、「さ、行こう」

と、あすかを車へ乗せた。

車が走り去り、あすかが窓から手を振るのを佳美は見送って――。でも、手を振り返すことはできなかった。

アッという間のことだったし、それに……。

あすかが、佳美に気をつかって、早く行こうと中津をせかしていたことが、却って佳美を傷つけた。

そんなことで「傷つく自分」が、とてもいやだったが、しかし事実は認めなければならない。

車が見えなくなり、佳美が歩き出そうとすると、見知らぬ男が目の前に立っていた。

「――何ですか」

と、佳美は言ったが、何となく、その男が誰か分っているような気がした。

「腹が立つだろ？　あんなものさ、この世界はね」

声を聞いて、やはり勘が当っていたと知った。

「市川さんですね。Ｂプロの」

「憶えていてくれたか」

「今の、見てたんですか？」

「ああ。中津はすっかり、あの川畑あすかって子を手なずけたようだな」

「失礼します、私」

と、行きかける佳美を、

「待ちなさい！」

と、市川は止めて、「話があるんだ。時間は取らせない」

「あすかは、もう〈ＮＫ〉でデビューするって決ったんですよ。諦めた方がいいんじゃないですか」

「あの子のことじゃない。君のことで、話したいんだ」

佳美は面食らって、

「私のこと、って?」

「君とあの子、二人で組んでたんだろ? 〈ゴールド・マイク〉のオーディションじゃ、あの川畑あすかがしくじって、落ちたんだってね」

「あすかはあがり性なんです。でも、きれいな声してます」

「うん。川畑あすかは、まあ一旦諦めるとして……。君、どうかな。誰か他の子とペアを組んで、歌ってみないか」

市川の思いがけない言葉に、佳美は唖然としてしまった。

9 説得

帰宅したとき、あすかは家から逃げ出そうかと思った。

それほど、家の中の空気は重苦しかったのである。そして、その原因は、あすか自身に違いなかった。

「――あすか、あなた……」

と、玄関へ出て来た母親のしのぶは、あすかが一人ではなかったので戸惑った。

「初めてお目にかかります」

と、中津が滑らかな口調で言った。

「もっと早くお会いして、お願いすべきだったのですが、こんなに遅くなってしまい、申しわけありません」

「はあ……」

「お邪魔します」

と、中津はさっさと上り込む。

あすかは、どうなるものか、見当もつかず、中津の後について行った。

居間には、父、川畑照夫が、「苦虫をかみつぶした」という形容がこれほどぴったりくる顔は想像もできない表情で座っている。

中津は全然臆する気配もなく、名刺を出すと、

「あすか君を叱らないで下さい。黙っているように言ったのは私です」

と、微笑みながら言った。「自分の直感といいますか、長年、新人を育てて来て、ピンとくるものがあるんです。あすか君にはそれを感じました。いや、こんなに強く感じたのは初めてです」

両親は、もう中津の滑らかな弁舌にすっかり巻き込まれてしまっていた。

「ですから、どうしてもその直感を確かめたかったんです。確かめた上で、ご両親にお願いを、と思っている内、こんなに遅くなってしまいました」

「私どもは――」

やっと、父が口を出そうとするのを、

「お待ち下さい」

と、中津は遮って、「お話はもちろんうかがいます。そのために伺ったのですから。しかし、その前にこれを聞いて下さい」

ポケットから取り出したのは、カセットレコーダー。

「何ですか？」

川畑照夫がいぶかしげに訊く。

「あすか君の歌です」

カチッと再生ボタンを押すと、テープが回り出した。——あすかもびっくりしていた。いつの間に録音したんだろう？

もっとびっくりしたのは、聞こえて来たのがとても自分の声とは思えなかったからだ。水科雄二の歌を歌っているから、あのスタジオで聞いてもらったものかもしれないが、それにしても……。

あすかの声は少しエコーをかけ、音程がやや不安定だったはずの所も、きちんと直してある！　もう、ほとんどプロの歌と言っても通用しそうだ。

「——いかがです」

中津は曲が終ると、「これを水科雄二が聞いて、惚れ込んだのです。水科雄二はご存知ですね」

「ええ、それは……」

しのぶが、夫の方をチラッと見る。

「よく、カラオケで若い連中が歌っているが……」

と、川畑照夫は言った。

「それはそうですよ！　水科雄二は今の日本の音楽シーンを引張って行く人間ですか

らね。その水科が、あすか君の歌を聞いて、『凄い子がいる』と興奮して言って来たのです。正直、私自身の中でも、現役の高校生をスカウトしていいものかどうか、迷いはありました。しかし、この才能を埋れさせておくのは惜しい！　その思いで、ここまで進めて来ました。しかし、勝手なことをして、と思われても仕方ありません」

中津は、落ちつき払っていた。自分の言葉に揺るぎない自信を持つ。――これほど強いものはない。

あすかは、話がすっかり中津のペースで進み、両親が「娘をよろしく」と言わされるのにそう時間がかかるまいと思って、それはそれで、いささかショックだった。

「――あすか」

と、しのぶが言った。「あなた、本当にやってみたいの？」

「うん」

と、あすかは肯いた。

「しかし学校が何と言うか……」

父親は、最後の切り札とでも言うべき、学校のことを持ち出した。

「学校へは明日うかがうことになっております」

あすかはびっくりした。いつの間に学校と連絡を取ったんだろう？

「――そうですか」

と、川畑照夫はためらっていたが、

「やらせてあげましょうよ」

と、しのぶが言った。

「そうだな……。あすかがやりたいと言うのなら」

「お父さん、ありがとう！」

正直、こんな簡単に許してくれると思っていなかったので、あすかは少々拍子抜けの気分でさえあった。

「ただし、学校はやめるな」

と、川畑は言った。「ちゃんと通わせて下さいよ」

「分っています」

と、中津は肯いて、「その辺りのことも、明日、学校の先生方と話し合って来ます」

そう言われては、両親も反対する理由が思い当らない。

「娘をよろしく」

と、川畑は頭を下げたのである。

「――何かあったの？」

と声がして、振り向くと、兄の亮がパジャマ姿で立っていた。

「――それで一件落着！」

と、あすかはベッドに寝転がって、「やってみれば、案外簡単なもんだね」

コードレスの受話器で、佳美へ電話していた。

「そうか。良かったね」

と、佳美は言った。

「うん、反対されながらやるのって、やっぱり気分的にいやだしね」

と、あすかは言った。「でも、中津さんの話の持っていき方っていうのかな。凄く上手いの。びっくりしちゃった！」

「そりゃ、慣れてるよ」

「明日、学校で先生と会うことになってるっていうのは、出まかせだったんだって。帰りに表まで送ってったら、そう言うんだ。『しかし、明日ちゃんと連絡して会うかららな。そうすりゃ嘘でなくなるんだ』ですって！」

「いかにもって感じだね」

と、佳美は笑って、「きっとその調子で先生も説得しちゃうかも」

「だといいけどな……。学校変るの、いやだから」

「あすかも、そういう気持をちゃんとあの中津って人に言っとくんだよ。違う学校に『ちゃんと行かせてる』なんて言わせないように」

「うん。――佳美がいてくれないと、心細いんだ」

と、あすかは言った。「本当だよ」

「マネージャーになって、こき使ってやる」

と、佳美は笑って言った。

「ただ……お父さんやお母さん、やっぱりずーっとお兄さんのことで気持が沈んでたみたいなんだよね。だから、何だか私の派手な話が嬉しかったみたい」

「親孝行したね」

「これからだけど」

「頑張って。応援するから」

「ありがとう、佳美……」

――あすかは胸が一杯になっているようだった。

佳美は机に向って電話を受けていたのだが、あすかの、ときめきと不安が伝わって来て、それは佳美にとっても嬉しいことには違いなかったのである……。

電話を切ると、ドア越しに、

「お姉ちゃん、ちょっといい？」

と、可愛の声。

「いいわよ」

佳美は、レポートを見直しながら、言った。

可愛が入って来ると、

「今、電話で話してたの、あすかさん？」

「うん」

当然、中学の方へも噂は伝わっているだろう。

佳美がいきさつを話してやると、

「凄い！　水科雄二が？」

と、可愛は目を丸くしている。

「後は学校が了解すれば、歌手デビューだね、あすか」

「凄いなあ！　でも――」

「私はお声がかからなかったのよ。それが言いたかったんでしょ？」

と、わざとふくれっつらになって、

「馬鹿にするならしなさい」

「お姉ちゃんは、そんなことに向いてないと思うよ」

と、可愛は言った。

そうかもしれない。――でも、今日、あのBプロの市川という男から『他の子と組んで歌わないか』と言われたとき、一瞬胸をときめかせた。

「それは当然だよ」

と、さっき電話でその話をすると、ボーイフレンドの高林悟が言ってくれた。「でも、その市川ってのは、きっと、あすか君との接点を失いたくなくて、君にそんなこと言って来たんだと思うな」

そう。佳美もそう思っていたから、はねつけてやったのだ。でも、同時にそう言われてワクワクするのも当り前なのだということ――それを高林に言われてホッとした。

「見てなさい。その内、私もアイドルデビューだ」

「今のアイドルは十三、四だよ。お姉ちゃん、もうトシだよ」

妹という奴、何でもずけずけ言うのが憎らしい……。


畜生……。

市川は、タクシーからあちこちに電話をかけまくっていた。

川畑あすかのことが、業界で、すでに評判になりつつある。当然、Bプロの社長、熊田の耳にも入る。

「どうなってるんだ」

と言われたとき、「こういう手を打ってあります」と言えないのが悔しいのである。

この市川隆士の名がすたるってもんだ。

あの前田佳美って子はやけにしっかりしていて、こっちの「うまい話」には一向にのって来ない。

少しなめてかかったのがいけなかったのか。

——これから社長に会うのだ。少し景気のいい話がないか、と捜していた。

ちょうど電話を切ったところへ、誰かからかかって来た。

「——はい、市川。——ああ、待ってたぞ」

川畑あすかの身辺を調べさせていた情報屋である。

「何かあったか」

「両親の線はどうも望み薄です」

「そうか」

「一つ、面白いことが」

「何だ?」

「あすかの兄貴ってのが、亮っていって、今二十三なんですが、ノイローゼで、会社を辞めて家で寝たり起きたりしてるそうなんですよ」

「ふーん。出社拒否ってやつか。今の若いのは、こらえ性がないからな」

と、市川は言ったが……。

「もしもし?」

「おい、その兄貴のことを、もっと詳しく調べてくれ」

「分りました」

「外へ出ることもあるだろう。それも当ってくれ」

市川は、何を思い付いたのか、口もとについ、笑みを浮かべていた……。

10　追放

午後の学校は、もう「川畑あすか」の話で持ちきりになっていた。

昼休み前に、約束通り中津が学園長を訪れ、話して行った。

あすかは授業を受けていて、どんな話をしたのかさっぱり分らなかったのだが、お昼になると担任の先生に呼ばれて、職員室へ行った。

そして、「学校の授業に影響のない範囲で」芸能活動を認める、と言われたのである。

教室へ戻って、十五分とたたない内に、あすかは学校中のヒロインになっていた……。

お昼休みの最後の五分、あすかは、やっと佳美と二人になることができた。

「――晴れて、デビューできるね」

と、佳美は言った。「おめでとう」

「うん……」

あすかは、何となく目をそらしていた。

「あすか。――私に悪いなんて思わないでね」

「佳美……」

「そう思われたら、もっと傷つく」

「ごめん」

佳美が笑って、

「私は、そういうことに向いてないの。ね、宿題とか、辛いときは言いな。手伝ってあげるから」

「うん!」

あすかはホッとした様子で肯く。

「でも、あの中津って人、先生たちを、何て言って説得したんだろ?」

「それがね――」

と、あすかは言った。「どこで調べたんだか、うちの短大を大学にするって計画のこと、知ってて、『大学の名をPRするのに、一番効果がある』って言ったんですって! 私のこと、ポスターとかに使って宣伝すれば、必ず学生が集まる、って」

「へぇ……。目のつけどころがいいね」

正直、佳美も感心した。中津のようなタイプの男は、好きではないが、プロという感じではある。

「——あすか、今日も仕事？」

「うん。ボイストレーニングとダンスのレッスン。間にインタビューが三つ」

「凄い」

「でも、私、ダンスなんて、全然できないのに……。いやだなあ」

と、あすかはため息をついた。

二人は校庭で話していたのだが、

「あすか先輩！」

と、中学生の子が数人やって来て、「すみません！　サインして下さい！」

ハンカチや手帳を差し出されたあすかは、面食らっているのだった……。


「——面白くも何ともない仕事だった」

車の中で、近藤ミチはずっとふてくされていた。

大欠伸をして、

「眠い……。思いっきり寝てやる！」

一緒に行ったスタッフは、機嫌の悪いミチに下手なことを言うと、とんでもないことになると分っているので、黙っていた。

——まあミチが文句を言うのも、無理からぬところがあった。

角倉から、急に、

「TVの取材があるんだ」

と言われて、何と箱根まで夜中に車を飛ばし、取材というから何かと思えば、温泉をミチが取材する、というTVリポーターのような仕事。

何とかビデオ録りはすませたが、腹が立って、ゆうべは眠れなかった。

角倉の携帯へもかけたが、つながらなかったのである。

やっと夕方、こうして東京へ戻って来た。

マンションの前で車を降り、

「お疲れさまでした！」

というスタッフの声に返事するのも面倒だったが、

「角倉さんに、電話してって伝えて！」

と、怒鳴った。

「――頭に来るんだから、もう！」

ブツブツ言いつつ、エレベーターで上る。

ミチは、角倉があの「川畑あすか」に熱を上げているのが面白くない。確かに水科雄二が認めているというのだから、人気が出そうな子なのだろうが、何といっても自分は角倉の「恋人」なのだ！

「アーア……」

また欠伸が出る。

ミチは、エレベーターを出て、キーを出しながら、廊下を歩いて行った。

部屋のドアを開けようとして――。

「あれ？」

鍵が入らない。――おかしいな。

そして、ためしにノブを回してみると、ドアが開いたのだ。

「どうなってるの？」

と、中に入って――ミチは愕然とした。

「――何よ、これ！」

空っぽだ。

ミチは、マンションの中を駆け回った。

リビングも、寝室も、きれいさっぱり、空っぽになっている。

玄関マットから、壁のカレンダー、ぬいぐるみに至るまで何もかもなくなっていた。

呆然と突っ立っている内、ふと、リビングの床の真中に、手紙らしきものが置いてあるのを見付けた。

床へ座り込んで、封筒を開けると――手紙が一枚。そして何万円かのお金が入っている。

手紙を広げてみると、きれいな文字で、

〈近藤ミチ様

びっくりされたでしょうが、これは主人の了解の上のことですので、悪しからず。

主人とは別れていただきます。当然、主人が買ったこのマンションからも出て下さい。もう鍵も替えてあります。

主人なしでは、あなたはまるで稼げなかったはずですから、マンションの中の物、すべて売り払いました。その代金、五万円と少々、同封してあります。

Ｋプロとの契約も解除されています。

あなたは自由です。どこのプロダクションへでも行って下さい。

ご健闘を祈ります。

角倉洋子〉

――ミチは、ただ呆然と、マンションの白い壁に残るカレンダーの跡を眺めていた……。

「苦しい！」

と、あすかは、汗をタオルで拭って、ハアハアと息を切らしていた。

もともと運動神経の鈍いあすかである。

歌のレッスンはともかく、ダンスとなるとごく簡単な動きでも憶えられない。

「大丈夫？」

と、ダンス教師が苦笑いして、「今日は早めに上げてくれと言われてる。じゃ、少し早いけど、これまで」

「万才！」

と、あすかは言った。

――今夜、あすかは業界の大切なパーティに出席することになっている。

汗だくだ。――シャワーを浴びて、用意しなくては。

「やあ、ご苦労さん」

中津が廊下で待っていた。

「死にそう……」

「スタイリストが更衣室で待ってる。五時には出るぞ」

「はい…」

汗がふき出してくる。「それじゃ――」

と、行きかけると、ちょうど角を曲ってやって来た男とぶつかってしまった。

「ごめんなさい！」

相手は、もう白髪の老紳士。

「大崎先生！」

中津が飛んで来た。

「君か。——角倉君は？」

「今、打ち合せで、このスポーツクラブの下の喫茶に。すぐ呼びます」

「いや、待っているからいい」

「あの……。そのしみ……」

大崎というその男のスーツに、ぶつかったあすかの汗がしみになってしまっている。

「あすか——。国会議員の、大崎先生だ」

「あ……。よろしくお願いします」

わけが分らない内に頭を下げて、「すみません。汗、とれませんよね」

「君が『あすか』君か」

「は？」

「角倉君から聞いているよ。有望だそうだね」

中津が、

「大崎先生は、角倉社長の奥様のお父様なんだ」

と、説明する。

それでも、ピンと来ていないあすかだった。

「早くシャワールームへ行け！」

と、中津にせつかれて、あすかはもう一度大崎へピョコンと頭を下げ、シャワールームへと急いで行った。

「――近藤ミチのことは、どうなった？」

と、大崎が中津へ訊く。

「はい。ほとんど無一文で放り出されて、どこも引き受けてくれるプロダクションがないようです」

「そうか」

と、満足げに肯くと、「洋子も喜んどるだろう」

「いや、みんなあのミチには手を焼いてたんです」

「周りも悪い」

と、大崎は言って、「――あの、あすかという子は、そうならんようにしてほしいものだな」

と振り向いた。

あすかが入って行ったシャワールームと更衣室へのドアを、大崎は何となく眺めていた……。

11 渦の中

「お姉ちゃん」

と、可愛の声に佳美はフッと目を覚ました。

「──うん?」

ドアを開けた可愛が覗(のぞ)き込んで、

「何だ、眠ってたの? ボーッとした顔してる」

「ボーッとしてて悪かったわね」

と、言い返す。

「TVに今、あすかさんが出てるよ」

「そう……。いいよ、別に」

佳美は、勉強机に突っ伏して眠っていたのである。

期末試験が近かった。大分暑くなって、疲れがたまる。

それがすめば夏休みだ。──佳美は、思い切り伸びをして、少し頭をスッキリさせた。

可愛がいなくなると、佳美は引出しを開けて、ティーン向けのファッション誌を取り出すと、そのページをめくった。何度もくり返し見ているので、すぐそのページが出てくる。

〈川畑あすか〉

もう、その名は十代の女の子たちの間では広く知れ渡っていた。女の子だけではない。

もうすでにあすかの「ファンクラブ」を勝手に作っている男の子たちもいる。

あすかのデビュー曲は、夏休みに合せて七月十五日に発売と決った。あと二週間。

そろそろ、TV番組にも顔を出し始め、デビュー曲のビデオクリップが来週から一斉に音楽番組で流されることになっていた。

――もちろん、新人としては破格の扱いで、そのバックに水科雄二がいることも、週刊誌などが書いていた。

しかし、水科雄二の力もあるだろうが、あすかに関する記事は好意的なものばかりである。あすかも、何十ものインタビューを夢中でこなしていた。

「あすか……」

と、佳美は呟(つぶや)いた。

カラーページで微笑(ほほえ)んでいる少女は、あすかに似て、あすかではなかった。ヘアスタイルも変え、着るものも、持つ小物も、すべてスタイリストが決める。

あすかの着るものなどの好みを知っている佳美は、さぞあすかが恥ずかしい思いをしているだろう、と思った。——しかし、客観的に見れば、こうしてプロの手が「仕上げた」あすかは、みごとに変身し、「美少女」になっている。

——佳美の机の上で、充電器に立ててあるPHSが鳴り出した。

あすかが、

「佳美、これ持ってて。お願い！」

と、くれたものである。

両親はいい顔をしなかったが、タダでくれて、料金もあすかが払うというので、だめとも言えなかったのだ。——もっとも、料金はさすがにちゃんと佳美の方で払うことにしたのだが。

「——もしもし」

「佳美、今、何してる？」

と、あすかが言った。

「試験の準備。ノートを整理してたとこ」

「あ、そうだね。もうすぐだ」

「試験、受けるんでしょ？」

「うん！　ね、佳美、ノート見せて」

「いいよ。ファックス、入れとこうか」

「ありがとう！」

「じゃ、後でコンビニ行って、送っとく。事務所あてでいいの？」

「うん。どうせ寄って帰るから」

「さっき、TVに出てたって？　可愛が見てたよ。私、机で居眠りしてた。ごめんね」

「いいよ。同じことばっかり訊かれてるんだもの」

と、あすかは言った。「今……車から。聞こえる？」

「聞こえるよ。まだ仕事？」

「うん。あと一つ、取材があって、それで終り」

「眠るんだよ。体、こわすから」

「うん。——佳美の声聞いて、ホッとした」

あすかの言い方には実感がこもっていた。

「あすか、大丈夫？」

「うん。——そうだ。あのね、お兄さんが勤めに出ることになったの」

と、あすかは嬉しそうに言った。

「へえ、良かったじゃない」

と言いつつ、佳美は、この前出会ったときの、あすかの兄、亮の様子を思い出して、本当に大丈夫なのかしら、と思った。

でも、喜んでいるあすかに、水をさすようなことはしたくない。

「元の会社？」

「違うの。中津さんの紹介でね。ＣＤの制作やってる小さい会社に入れてもらえることになって」

佳美は一瞬、何も言えなかった。あすかは続けて、

「朝の出勤もゆっくりでいいから、満員電車で大変な思いしなくてもいいし、私が仕事してるの見て、お兄さんも自分から『働く』って言い出したの。お父さんもお母さんも、喜んでる」

「──良かったね」

佳美は心配だった。中津が何かと、あすかの家に恩を売って、あすかをがんじがらめに縛りつけようとしている、と思えた。

そんな受け取り方は、皮肉に過ぎるだろうか？　単に好意で中津は口をきいたのかもしれない。

でも──あすかの兄、亮にしても、本当に働こうというのなら、そんなコネを頼っ

て就職するべきではないだろう。

もちろん、結果が良ければ、佳美が口を出す問題ではないが。

「あ、もう着くって」

と、あすかが言った。「じゃあ、また」

「うん。ファックス、送っとくから――」

と言いかけたが、もう切れてしまって、佳美は肩をすくめてＰＨＳを元に戻した。

――大丈夫かな。

あすかの成功を喜ぶ気持はある。ただ、あすかはいつも誰かに頼っていないとやっていけない子だ。

今は目新しいことばかりで夢中になっているだろうが、その内、何か困ることに出くわしたとき、自分一人ではどうにもできないのではないだろうか。

でも、佳美の方からそんなことを言い出すわけにはいかない。そう。――あすかが相談したいと言って来たら、それをじっくり聞いてやればいいのだ。

そう心を決めると、佳美は、ノートを鞄の中から取り出して、どれをファックスするか選び始めた。

「ありがとうございました」

角倉敦夫は深々と頭を下げた。

「いや、もういい。まあ、座れ」

と、大崎広造（こうぞう）はソファにかけるように手を振った。

「はあ、どうも……」

角倉は、義父の向いに座ると、「――おかげさまで〈Kプロ〉は救われました」

「洋子の頼みでは、いやとも言えんからな」

と、国会議員はふっと微笑（ほほえ）んで、「しかし、二度とこんなことのないようにしてくれよ」

「はい。もう資金繰りでご心配をかけることはないと思います」

「いや、私の言ってるのは、そんなことじゃない。洋子を泣かせるようなことを言ってるんだ」

角倉は言葉が出なかった。

――六本木にある会員制のクラブ。大崎のような政治家も、今は世間の目もあって高級料亭などはなかなか、使えなくなっていた。

「近藤ミチという女は、どうしたね？」

と、大崎が言った。

「もう、自然に引退ということになるでしょう。どこも相手にしてくれませんから」

元の恋人のことを、よくこうして平気でしゃべれるものだ。角倉は我ながら感心(?)した。

「まあ、洋子を大事にしてくれよ」

「はい」

角倉は、もう一度頭を下げた。

「何か頼めよ。何でもいいぞ」

「はあ……。じゃ、ドライシェリー」

角倉は、冷房の効いた室内でも、じっとりと汗をかいていた。

——危なかった〈Kプロ〉は、大崎の力で救われた。

そのために、ミチには可哀そうなことをしたが、やむを得ない。妻の洋子も、執念深い点では人に負けないから、ミチが芸能界にカムバックするのは不可能だろう。

マスコミにも力のある大崎は、ちゃんと娘の願いに応じて手を回していた。近藤ミチが、たとえ角倉の『女』だから売れた、という面があるにせよ、あれだけ名を知られていたのに、突然消えてしまって、しかも消えたことさえ話題に上らないのは、やはり角倉にとって驚きだった。

義父の力を見せつけられた気分である。

「——ところで」

と、大崎が自分のグラスを空けて、

「あの子はどうかね」

角倉は、娘のことを訊かれたのかと思い、

「安奈は、すっかりぜいたくになって。困ったもんです」

と、笑った。

「違うよ。例の『あすか』という子だ」

「あ、そうですか。——そうか、この前、お会いになったんですね」

「汗だくで、ぶつかって来て、上着にしみを作ったよ」

「申しわけありません」

「怒ってるわけじゃない」

と、笑って、「順調かね」

「はい。もうじきCDも発売になります。今の手応えでは、十万枚は堅い、と見ています」

「私にはよく分らんが、大したもんなのかね」

「新人ですから、まず第一の目標ということで。——本当は三十万枚くらいのセールスを狙っているんです。水科雄二がバックについていますし、まず間違いないと思いますが……」

「いや、そのくらい慎重でいい。人間、一発当ててやろうと思うのが間違いの始まりだ」

と、大崎は言った。「あの子も、なかなか素直そうでいい」

「ありがとうございます。お義父さんにそうおっしゃっていただくと……」

「一度、話してみたい」

「――は?」

「あの子と一度、食事でもしてみたい。時間は取れるかね」

「も、もちろん! 何とでもして――時間は作ります!」

と、角倉はあわてて言った。「しかし、お話しになっても、面白いかどうか……」

「なに、若い女の子と食事するだけでも、私のような年寄りは若くなった気がするものさ」

と、大崎は言った。

「では、秘書の方と連絡をとって……」

「うん。そうしてくれ」

角倉は、自分のドライシェリーが来て、一口飲みながら、気持をしずめていた。

義父が「あすか」に会いたいと言うのは――どういう意味だろう?

角倉は、大崎が今までにも、少なくとも三人の愛人を持っていたことを知っている。

――考えてみれば、自分がそんなことをしていながら、角倉が近藤ミチを恋人にしていたことに文句をつけるのだから勝手なものだ。

しかし、世の中は力のある者の勝ち、なのである。

もし、大崎があすかに目をつけていたら……。

こいつは、慎重に対処する必要がある。

角倉は、グラスを一気に空けて、大崎に向ってニッコリと笑って見せたのだった。

12　女子大生

「行くの?」

と、母のしのぶが台所から手を拭きながらやって来た。

「うん。今朝は外を回ってから出社するんだ」

と川畑亮は言って、「今夜、少し遅くなるかもしれないよ」

「そう。——無理しないでね」

しのぶの顔は、いくらかの不安はあっても嬉しさに輝いていた。

十時を少し過ぎているので、もう夫もあすかも家を出ている。

それでも、亮が以前のように、きちんとネクタイをしめ、きれいにひげもそって、出勤していく姿を見送ると、しのぶは思わず目頭が熱くなるのを覚えるのだった……。

「お金、待ってる?」

「うん、大丈夫」

亮はちょっと肯いて見せ、駅への道を歩いて行った。

家でぶらぶらしている間にすっかり太ってしまい、上着もスラックスも新調しなければならなかったが、そんな出費は何でもなかった。

「──あら、川畑さん」

と、近所の奥さんが声をかけて来た。

「おはようございます」

「おはよう。──息子さん、またお仕事に?」

「ええ。この間から。とても楽しそうに行ってるんです」

「それは良かったですね! お宅も凄いわね、あすかちゃんがすっかり有名になって、お兄さんの方もお元気になったし、今年はいい年じゃないの」

「そうなるといいんですけどね」

と、しのぶは笑った。

しのぶは、忘れていない。亮が会社へ行けなくなったとき、「川畑さんの息子は出社拒否ですって」と真先に話を広めて回ったのが、この奥さんだったということを。

あすかが、TVや雑誌に出るようになって、ガラッと態度が変って来たのだ。人間なんて、そんなものだ。

「じゃ、どうも」

と、会釈して、家の中へ戻る。

──あすかが芸能界へ入ると知ったとき、不安の方がずっと大きかった。でも良かった。

あの中津さんのおかげで、亮も「人並みに」勤めに出るようになった。

これで、あすかがスターになれば……。

しのぶは、娘と二人の写真が雑誌のグラビアを飾るところを想像して、

「服を買っとこうかしら」

と、呟いていた……。

「おはようございます！」

明るい声が聞こえたとき、川畑亮は、耳を疑った。

これは何かの間違いだ。きっと、よく似た声の別の子なんだ。

振り返るのが怖くて、亮はひたすらじっとホームから正面を向いて立っていた。

ポンと肩を叩かれて、亮はゆっくりと振り向いた。

「おはようって言ったのに。聞こえなかった？」

と、少しすねた可愛い顔がそこにあった。

亮の心臓は、一気に倍くらいの速さで打ち始めた。

「おはよう」

「何だか変ね。私に会って、迷惑？」

「そんなことないよ！　ただ――びっくりしたんだ。昨日と時間が違うし……」

「今日は初めの授業、休講なの」

「僕は、外を回ってから出社なんだ」

「何だ！　偶然ね」

と、明るく笑う。「亮さん——だったわよね。私の名前、憶えてる？」

忘れるものか。亮は、ゆうべ数え切れないくらい、その名をくり返し心の中で呼んだのだ。

「チカちゃん、だろ」

「憶えてた！　偉い！」

と、その子は明るく言った。

亮は、まぶしい思いでその笑顔を眺めた。

こんなことがあるのか？　こんなことが、僕の身に起こるのか？

その女子大生は、「チカ」といった。

昨日のことだ。乗った電車で、すぐ前に立っていた。

そして、亮は、彼女のスカートのファスナーが下りたままになっているのに気付いたのだ。

亮は、ほとんどパニック状態に陥ってしまった。

どうしよう？——顔は真赤になるし、汗は出てくるし、もともと太って、汗をかきやすくなっていたのだ。

教えてあげるべきだろう、ということは分っていた。でも、そんなことをして、却って、「変な人」だと思われないか。そう考えると、ドキドキして口がきけない。

しかし、その女の子は一向に気付く様子もなく、車内の吊り広告を眺めているばかり。

ついに、亮は思い切って、

「あの……」

と言った。

「――え？」

とその子は大きな目を見開いて、亮を見た。

亮はますます顔が熱くなった。

「あの……そこ……」

「何ですか？」

「ええと……その……ファスナーが開いてますよ」

女の子はスカートを見下ろして、

「あ、いやだ！――ありがとう」

別に照れるでもなく、シュッとファスナーを上げて、「みっともないなあ。ありがとう、教えてくれて」

と言った。

彼女が少しも怪しんだりしなかったので、亮は救われた思いでホッとした。

「お勧め？」

と、彼女が訊いて来た。

そして、亮は、彼女の名を知ったのである。

二日続けて、こんな風に出会うなんて。

亮は、胸がときめいていた。

二人は電車に乗った。もうラッシュアワーは過ぎているので、空席があり、並んで座ることができた。

「――二日続けて会うなんて、面白いね」

と、チカが言った。

「うん」

亮は体をくっつけて座っているというだけで、ガチガチに硬くなっていた。

「もう、お勧め、長いの？」

と、チカが訊く。

「いや……。今の所は、通い始めたばっかりさ」

「忙しい？」

「まあ……新人だからね、それほどでも」

と、亮は言った。

「どんなお仕事？」

「うん……。CDのパッケージの下請けみたいなことなんだ」

「音楽のCD？　へえ、面白そう」

「そうかな」

亮には、自分がどうしたいか分っていた。——彼女の電話番号を訊く。そして、

「どこかへ遊びに行こう」と誘う。

でも、そんなことが自分にできるわけがないということも、分っていた。

二十三だというのに、中年みたいに太ったこの体で、相手にしてもらえるわけがない。

——亮は、ひたすら自分の勤め先の説明を続けた。

「あ、もう次だ」

と、チカが言った。

「そうだね」

——彼女は次の駅で降りて行く。

そして、偶然駅で出会うなんてことは、もう二度とないだろう。それでいいんだ。

それでいい……。

次の駅が近付く。

チカが、バッグから手帳を取り出すと、何か手早くメモして、そのページをピッと破き、

「はい」

と、亮へ渡した。

「これ……」

「私のPHSの番号。今夜、かけて」

チカはパッと立ち上ると、扉の方へ行って、

「またね！」

と、手を振った。

亮は、反射的に手を振って、でも何も言えなかった。

電車が停（とま）ると、チカはホームへ出てさっさと歩いて行く。

亮は、再び動き出した電車がチカを追い越して行く間、じっと彼女から目を離さなかった。

そして——チカが、電車の方を見て手を振ってくれるのを、夢でも見ているのかと

いう気分で、見たのだった。

亮の汗ばんだ手の中で、メモはしわくちゃになってしまっていた……。

チカは、ホームから階段を下り、駅の改札口を出ると、すぐ前に停っていた車に乗り込んだ。

「どうだった」

と、市川は言った。

「会ったわよ」

と、チカは助手席で息をつき、「くたびれた！　ああいうタイプ、大嫌い！」

「まあ、我慢しろ」

と、市川は笑って、「どこかへ送ろうか？」

「お昼、おごって。こんなにくたびれるバイトじゃ、それくらいしてもらわないと」

「分った」

市川は車を出して、「――うまく引っかかりそうか？」

「これ以上簡単なことってないわよ」

「よし。うまくやってくれ」

「それはいいけど……。本当の仕事の方も回してね」

「心配するな」

と、市川は言って、車のスピードを上げたのだった。

13　明るい家

学校のテストは歯痛に似ている。

痛いときは、「今度は、こんなにひどくなるまで放っとかないで、ちゃんと早めに歯医者さんに行こう！」と決心する。

ところが、痛みが消えてしまうと、

「急ぐことないや」ということになってしまうのだ。

「終った！」

と、誰かが叫んだのは、終りのチャイムが鳴るのと同時だった。

一気に、「解放」された少女たちは弾けるようにおしゃべりを始め、担任の先生が、

「静かに！」

と怒鳴っても、ほとんど聞いちゃいない。

「あすか！　頑張ってね！」

と、声が飛んでくる。

「私もＣＤ、買うからね！」

あすかは頰(ほお)を赤らめている。

——一学期の期末試験が終ったこの日、ほとんどの生徒たちにとっては（まだテストが返ってくる、とか、もっと恐ろしい通知表が配られるといった肝心のイベントはあるにせよ）、夏休みの始まりである。

ただ一人、川畑あすかを除いては。

あすかは、この瞬間から、たぶんあすかがこれまでの人生の中で一度も味わったことのない猛烈な忙しさの中へ突入することになる。期末試験が終ってから、あすかの最初のＣＤシングルが発売になるまでの四日間。

この間のスケジュールは、文字通り「不眠不休」。

「大丈夫？」

——先週、あすかに、スケジュール表を見せられた佳美は、ついそう言っていた。本当に真黒に埋った、〈キャンペーン・スケジュール〉。

何と一日の間に、東京から北海道へ飛び、九州へ行って、また東京へ戻ってくる、なんて日がざらなのだ。

「でも、私はただ言われる通りにしてりゃいいから……」

と、あすか当人は結構おっとりしている。「私、車とか飛行機の中でも眠れるの」

それにしても……。

「何十人もの人が、私のために駆け回ってんだもの。私が文句言えないわ」

あすかが、そんなことを言うと思わなかったので、佳美はびっくりしたものだ。

そういう時間に追われ続ける生活が、あのおっとりしたあすかさえも、麻薬のように捕え始めているようで、佳美は何も言えなくなったのだった。

「——中津さんが待ってる」

と、あすかは腕時計を見て、手早く帰り仕度をすると、手を上げた。

担任の教師は金山新一といって、まだ独身の二十八歳。そのせいか、あすかのような子が自分のクラスにいるのを面白がっている様子だった。

「川畑、しっかりな」

と、応援までしてくれるのも、あすかの芸能活動を学校側が認めてくれているからだろう。

「すみません、先に帰ります」

あすかも、初めの内は、おずおずと、

「仕事なんで……帰っていいでしょうか」

と、訊いていたが、慣れるというのは大したもんだ、と佳美は思った。

クラス中の声援と拍手を受けて、あすかは一瞬、「スター」の笑顔になり、手を振ってから、教室を出て行った。

——あすかは、もう「私のあすか」じゃない。みんなのあすかなんだ、と佳美はふと寂しい気分になった……。

「僕も十五日にCDを買いに行くかな」

と、金山が言ったので、クラスの子から一斉に冷やかしの声が上った。

テストがすんで、みんな少々舞い上った気分でいたのも事実だろう。

「おっと！」

金山がピシャッと自分のおでこを叩いて、「この日程表を渡しとくんだった。川畑はもう登校して来ないな」

プリントした紙の束を机に置いて、

「前田。これを川畑へ届けてやってくれ」

「はい」

配布された〈終業式ならびに二学期の始業式について〉というプリントを、佳美は二枚手もとに取った。

どうせ今日は帰りも早い。あすかの家へ寄って、届けよう、と思った。

結局、佳美が川畑家までやって来たのは、夕方近くになったころだった。

帰りに、やはり今日で期末試験の終った妹の可愛に捕まって、買物に付合わされ、甘いものを一緒に食べたりしている内に、遅くなってしまったのである。

でも、一旦(いったん)今日届けようと思ったものは、どうしても届けたいのが佳美の性格。可愛と別れて、やって来た。

川畑家の少し手前まで来たとき、タクシーが佳美を追い越して行き、玄関前で停(とま)った。

タクシーから降りたのは、あすかの兄、亮だった。

佳美は、亮が白いスーツと派手なシャツで、別人のようにお洒落(しゃれ)しているのを見て、びっくりした。

「じゃ……これで」

と、亮は運転手にお金を渡している。

誰かがタクシーに残っていた。

佳美は足を止めて、その様子を見ていた。

「ごめんね、夕ご飯付合えなくて」

と、若い女の声がした。

「いや、仕方ないよ」

と、亮が答える。「また、今度ね」

「ええ、電話してね。待ってる」

と言うと――その女がタクシーから降り、素早く亮にキスして、パッと中へ戻った。

ドアが閉ると、タクシーは走り去って行った。そして、残った亮は時間が止ってしまったかのように、呆然(ほうぜん)とその場に突っ立っている。

――あれがそうか!

佳美は、あすかから、

「お兄さん、彼女ができたらしいの」

と、聞いていた。

まさかその「実物」にお目にかかれるとは思っていなかったのだが……。

「あの……」

と、佳美は声をかけた。「こんにちは。――こんにちは」

亮は、ゆっくりと振り向いて、

「――ああ、君か」

心ここにあらず、である。

これじゃ、あすかに渡すプリント、このお兄さんに預けても、無事届くとは思えない。

「あの……ちょっとお邪魔してもいいですか?」

と、佳美は訊いた。

そこへ、玄関のドアが開いて、

「亮なの？――あら」

と、母親のしのぶが出て来て、「佳美ちゃん。あすか、今夜は大阪で」

「ええ、知ってます。これ、先生が届けてくれって」

と、プリントを渡す。

「まあ、わざわざどうも。ちょっと上って。ね？　暑いでしょ、まだ。冷たいものでも飲んで行ってよ」

あまり断っても悪いと思って、佳美はちょっと上げてもらうことにした。

それに――この母親、しのぶの変り様と来たら！

亮も、もちろん、ずっと家にトレーナー姿でブラブラしていたころに比べたら、見違えるようだが、太っているのは相変らずだし、お酒落のセンスも、佳美の趣味ではいい、絶対になかった。

それとは違って、しのぶの方は別人のように明るく、活き活きしている。急に十歳――はオーバーでも、確実に五、六歳は若返ったようだ。

「本当にね、佳美ちゃんのおかげで、あすかがあんなに有名になって」

と、冷たい飲物を出してくれる。

「あすかの実力ですよ。――いただきます。――おいしい！」

と、息をつく。

「あの事務所の中津さんの口ききで、亮も仕事に出て、しかも、彼女までできたんです。あの子が久しぶりにニコニコ笑って……。私、もうそれを見たときには……涙が……」

しのぶが涙を拭う。

佳美は、湿っぽい話もいやだったので、

「同じ職場の方ですか」

と、大して考えもせずに訊いた。

当の亮は、あのキスの余韻を味わい尽くそうというのか、さっさと自分の部屋へ入ってしまっていた。

「いいえ」

と、しのぶが首を振って、「それが、同じ電車に乗り合せた女子大生なんですって! ねえ、びっくりするじゃないの」

――確かに、佳美もびっくりした。

「チカさんっていうらしいんですけどね。それ以上詳しいことは聞いてないの」

「チカさん……。そうですか。良かったですね」

「ええ。亮がこのまま立ち直ってくれたら、どんなに嬉しいか……。そうそう!」

と、しのぶは急に立ち上って、奥へ入って行くと、丸めた大きなものを抱えて来て、

「これ！　昨日できたの。——ね、十枚あげますから、ぜひあちこちに貼って下さいな！」

ザッと伸ばして、佳美は仰天した。あすかの等身大のポスター！

「早速、家の中に二十枚貼ったんですよ」

「二十枚……」

佳美は居間を見回し、「ここは貼ってないんですね？」

いくら何でも、どんな客が来るか分んないんだしね……。

しのぶは、しかしニッコリと笑って指さしたのだ——上を。

見上げると、天井からあすかがにこやかに佳美を見下ろしていたのである。


「——参ったな」

と、ポスターを十枚も抱えた（大判なので、十枚もあると結構重い）佳美は川畑家を出て、呟いた。

こんなもの——と言っては悪いが、あすかだって、自分のポスターを佳美が家中に貼ってたら恥ずかしいだろう。

しのぶが、すっかり娘のマネージャー気分になっているらしいのも、元気になった

のは結構なことにせよ、少し「はしゃぎ過ぎ」の感があった。

ＣＤ発売を控えた今だけのことならいいのだが――。

それより、佳美がもっとびっくりしたのは、亮の「彼女」のことである。佳美もチラッと見ただけだが、どう見たって女子大生とは思えない。

亮は本気でそう信じて、夢中になっているようだが……。

「ま、いいや。私には関係ない！」

と、佳美は呟いた。

そう。人の恋に口を出したりして、ろくなことにはならないものだ。両方から恨まれてしまうなんてことになったら……。

「――あすか。頑張って」

と、佳美は、やっと薄暗くなって来た空を見上げて言った。

14　誕生

「お姉ちゃん！　お姉ちゃん！」

と、可愛に揺り起こされて、佳美は、

「どうしたの？」

と、びっくりして飛び起きてしまった。

今、ちょうど、あすかがキャンペーン中に事故にあう、といういやな夢を見ていたところである。

「どうしたの、じゃないよ」

と、可愛は笑って、「ＣＤ屋さんに行くんでしょ。あすかさんのＣＤの発売日だよ！」

「――そうか」

七月十五日……。今日、あすかの吹き込んだ初めてのＣＤシングルの発売。

ＴＶや雑誌での宣伝もかなりのものだったが、そこはまるっきりの新人のこと。どれくらい売上げにつながるものか、ふたを開けてみなくては分らない部分がある。

「今、何時？」

と、目をこすりつつ訊(き)くと、

「九時。ね、お店十時からだよ。行ってみようよ」

「分った、分った」

佳美は欠伸(あくび)して、「あんたは若いわね」

と、つい年寄りめいたことを言ってしまう……。

顔を洗って、仕度していると、あすかにもらったＰＨＳが鳴り出した。

「――もしもし」

「佳美？」

「あすか。今、どこから？」

「ホテル。ゆうべ、久しぶりで三時間寝た」

と、あすかは笑っている。

「凄(すご)いね。体、こわさないで」

「うん、大丈夫。元気一杯！　ただ――何となく落ちつかなくて」

不安なのだ。その気持は、佳美にもよく分る。むろん、自分など決して味わうこともないに違いない「ぜいたくな不安」だが……。

「精一杯やったんだから」

「うん」

「キャンペーン、どうだった？」

「目が回った」

と、あすかは笑った。「忙しい、って言葉の意味が初めて分ったわ」

「ともかく、休めるときに休んでね」

「うん、ありがとう。――佳美の声が聞きたかった」

と、あすかはため息をついて、「本当に……あれから二か月くらいしかたってないんだものね」

「夢みたいだね、〈ゴールド・マイク〉の予選で歌ってたのが」

「私ね、今でも歌詞とか忘れそうになるの。もう何百回も歌ってるのに」

「平気平気。少しくらい忘れたって間違ったって、これは私の歌なんだ、って思って」

「そうだね」

「この後も、まだキャンペーン？」

「もっと忙しいかも。終業式、出られないと思うの。通知表、もらっといてくれる？中見ないでね」

「無理言ってる！」

と、佳美は笑って、「あ、可愛が呼んでる。それじゃ、また」

「後でかけてくれる？」

「いいよ」

あすかが目前の不安を忘れるには、やはり佳美が必要だったのだ。

佳美は、あすかがあまり変っていないのだと確かめて、少しホッとした気分だった
……。


「早く早く」

可愛にせかされて、

「そんなに急がなくても……。汗かくよ」

朝とはいえ、もう気温はどんどん上っている。

手近なCDショップで一番大きな店まで、歩いて五、六分だった。

「まだ開いてないよ」

と、腕時計を見る。

「開店から様子を見たいじゃない。どれくらい売れるか」

「新人だからね、何といっても」

「昨日の週刊誌だと、三十万枚は堅い、と読んでるらしいよ」

「三十万か……。見も知らない人が、三十万人も買っていくなんて、凄いことだよ

ね」

そう。――あの五月の〈ゴールド・マイク〉のオーディションが、まるで何年も昔のことのようだ。

「あの先だ」

と、可愛が一人で足どりを速め、佳美はやれやれという気分でついて行く。

角を曲って、可愛にぶつかりそうになった。

「何よ、急に立ち止んないで」

「――見て」

佳美も、そのCDショップへ目をやって……。何、これ？

行列ができていた。若い男の子、女の子、ほとんどが中学生か高校一年くらい。

列はずっと道の向うへ続いている。

「何だろ？」

と、近付いてみると、店の人が汗を拭(ふ)きながら、

「川畑あすかのデビューCD、お求めの方は、列の後ろへお並び下さい！」

と、大声を張り上げている。

佳美と可愛は顔を見合せた。

「――凄(すご)い」

「列、どこまで？」

二人は行列に沿って歩いて行った。――一体何人並んでるんだ？

やっと後尾を見付けて並んだが、

「お姉ちゃん、凄いよ、これって」

「うん。あすか、大したもんだ」

見る間に後ろにも列ができる。

店がオープンを十分早めて、客を入れた。

ここだけではないだろう。たぶん、全国のあちこちの店で、同じような光景が見られるはずだ。

「――やったね」

と、可愛は言った。

「うん……」

あすか、おめでとう。

でも――もう引き返せないんだよ。今からは、ともかく前へ進むしかない。

「TV局が来てる」

取材のカメラを回す人、状況をリポートする人。

――それはスターが誕生した瞬間だった。

角倉は、オフィスで夜を明かした。

むろん、キャンペーンにもほとんど同行して自ら指揮に当った。

それでも、不安はつきまとう。

キャンペーンにかけた手間と費用。そのすべてが泡のように空しく消えることだって、ないではない。

ソファで眠っていると、電話が鳴った。

「——俺だ。——もしもし。——うん、そうか。——よし、いいぞ！」

頰が紅潮してくる。

オフィスへ、中津が入って来た。

「——おはようございます」

珍しく本当に「朝」だ。

「やったぞ」

と、角倉が弾んだ声で言った。

「今、見て来ましたよ。どこも行列だ」

「二十万枚、プレスさせる。——当ったな」

角倉は眠気など吹っ飛んでしまった様子。

「連絡は行ってるだろう。しかし、直接会って祝盃といこう。行くか？」

「もちろん」

二人は、Kプロのオフィスを出て、車で水科のいるマンションへ向った。

「——あすかは？」

と、角倉が訊く。

「眠ってるでしょう。昨日まで大変でしたから」

「これから、輪をかけて忙しくなるぞ」

と言ってから、「——中津」

「何です？」

「あすかのことだが……。男はいるのか」

中津がびっくりして、

「いないでしょう。一番仲がいいのは、例の一緒に歌っていた女の子で……」

「そうか」

「男に関しちゃ奥手ですよ。どうしてです？」

角倉は黙って首を振った。

角倉は、義父の国会議員、大崎が、「あすかと食事したい」と言っていたことを、忘れてはいない。

当分は忙しくてそれどころではあるまいが、その内……。

大崎が何を考えているのか、角倉にも分らなかった。——今はスキャンダルが怖い。

といって、Kプロを救ってくれた大崎の頼みを断ることもできないが……。

角倉の携帯電話が鳴り出した。

「——はい」

と、運転しながら出る。

「もしもし」

「もしもし。——誰？」

「もう忘れたの？　早いわね」

と、女の声。

「ミチか」

近藤ミチだ。

「ずいぶんひどいことしてくれたわね」

と、ミチは言った。

角倉はチラッと中津の方を見た。中津は何も聞いていないふりをしている。

「——色々あって、仕方なかったんだ」

と、角倉は言った。

「分ってるわよ。でも――裸で放り出すって、ひど過ぎない？」

確かに、大崎の助けを必要としていた角倉としては仕方のないことだったのだが、それでもミチに対して後ろめたい気持はあった。

「すまん。少し待ってくれ。落ちついたら、俺もできるだけのことは――」

「もう言わないで。お金もいらないわ。でもね、突然、一切の仕事ができなくなって、まるでホームレスになれと言わんばかりに追い出されたことは忘れないから」

「ミチ、そう言うな。今どこにいるんだ？」

「私にも、少しはお友だちってものがいるのよ」

ミチは少し酔っている様子だった。

「まあ、元気そうでホッとしたよ」

「よく言ってくれるわね」

と、ミチは笑った。「例の川畑あすかちゃんは、大当りらしいじゃない。良かったわね」

「なあ、連絡先を教えてくれ。今、車の中なんだ。またこっちからかけ直す」

「あんたの声なんて、聞きたくもない」

「じゃ、どうしてかけて来た」

「言っとこうと思ってね。――このまま、引込んじゃいないからね」

「ミチ――」

「今に見てなさいよ。あんたの大事なあすかちゃんを――」

「何だと？　おい、どういう意味だ？」

ミチは甲高い声で笑った。

「おい、ミチ！――もしもし！」

電話は切れた。

「どうしました」

と、中津が訊く。

「ミチの奴、あすかをどうとかすると……」

「あすかを？」

「あすかのホテルへ先に行こう」

「スタッフもいます。大丈夫ですよ」

「そうは思うけどな。――電話しといてくれ。用心しろと」

「分りました」

中津は、あすかの泊っているホテルへと電話を入れた。

車は、強引にUターンして、行先を変えたのだった。

15 悔し涙

「あすかちゃん、凄いわね」

と、母の百合が昼食の仕度をしながら言った。

「ねえ、その内に口もきけなくなるよ」

と、可愛がオーバーに言った。「あ、お母さん、私、ミルクティーにして」

「自分でやりなさい。もう中三でしょ」

と、百合に言われて、可愛は口を尖らしながら、ティーバッグを取り出す。

「佳美を呼んで。お部屋でしょ」

「うん。——ね、お母さん」

「え?」

「お姉ちゃんの前で、あんまりあすかさんの話、しない方がいいよ」

百合は当惑顔で、

「どうして? 佳美だって、自分でレコード屋さんまで見に行ったんじゃないの」

「そうだけど、もともと、お姉ちゃんがあすかさんを歌の世界へ引張り込んだんだもの。二人でやってたのが、一人だけスターになって……。お姉ちゃんだって面白くないと思うよ」

　百合は笑って、

「あんたの考え過ぎよ」

　と言った。「ほら、もうできちゃうわよ、こっちは。——いい？　こっちが変に気をつかえば、すぐ伝わるわ。そんなことしたら、却ってあの子を傷つけるわよ。自然にしていればいいの」

「そうかなあ、理屈はそうだけど——」

「佳美にそういう気持がないとは言わないわ。お母さんだって、同じ立場になったら面白くないわよ」

　百合は料理をフライパンから皿に移して、「人間なら誰だって同じ。でもね、佳美はそんな溝を自分で努力して埋められる。そういう風に育ってくれたと思ってるわ、お母さん」

　母の言葉は、可愛にとって新鮮だった。

　特に、「私だって面白くない」と言ってくれたことが。——大人って、自分の弱みを子供へ見せたがらないものだ。

「好きな人ができたら、やきもちをやく。いつも自分を見下してる子がけがでもしたら、ざまみろ、って思う。——それは自然なことなのよ。でも、自分に『それは間違ってる』って言えるかどうかなのよ、大切なのは」

——母の言葉を、佳美はダイニングの外で聞いていた。

ありがとう。お母さんも可愛も、私に気をつかってくれて。

でも、大丈夫よ。私にとっては、あすかとの友情の方がずっと大事なの……。

佳美はわざとスリッパの音をたてて、

「お母さん！」

と、大きな声を出した。

「はい！——ちょうど良かったわ。お昼にするわよ」

「ごめん！　ちょっと出かけてくる」

と、佳美は言った。

「あら、どこへ？」

「あすかから電話でね、夕方までホテルで暇なんだって。遊びに来てって言うから」

「へえ、そんな時間、あるんだ」

「今日の売行で、作戦会議を開くことになったんだって。コマーシャル、TV、コンサート。——ますます強気よ、あの中津って人」

「体に気を付けてって言ってあげなさい」

と、百合が言った。

「うん。じゃ、行ってくる。夕ご飯には帰るから」

と言って、佳美は可愛へ、「CDにサイン、もらって来ようか?」

「うん！　何枚かしてもらって。高く売るから」

「馬鹿！」

と笑って、佳美は玄関へと出て行った。


あすかは、ホテルの部屋で、TVをつけたままソファでウトウトしていた。

この数日、一日何時間寝たか、自分でもよく分らない。移動途中の車や飛行機で少しずつ眠ったから、合計すれば結構眠っているのかもしれないが、やはり浅い眠りで、疲れは取れない。

こうして、少しでもぼんやりしていると、いつの間にか眠っているのは、やはり寝不足だからなのだろう。

電話が鳴って、あすかはびっくりして目を覚ました。

急いで受話器を取って、

「はい」

「中津だよ。何か変ったことは?」

だ」

「はい」

「それならいいんだ。——今夜、水科さんも一緒に食事することになった。お祝いだ」

「変ったことって、別に……」

「何か食べたいものがあるかと思ってね。君のお祝いだからな」

「そうだなあ……。中華料理がいい」

「中華か。そうだな、個室が取れるだろう。じゃ、六時ごろ電話するから」

「分りました」

と言ってから、あすかは欠伸（あくび）をして、

「——あ、そうだ、中津さん」

と言いかけたときは、もう切れていた。

佳美がここへ来ることを言っておこうと思ったのだ。でも——出かけるわけじゃないし、いちいち断ることもないだろう。

リモコンでTVを消して、伸びをする。

もともと、出不精のあすかだから、こうしているのも苦にはならない。

時計を見ると、佳美と電話で話してから四十分くらいたっていた。——そろそろ来るころだ。

佳美が朝一番でCDショップに並んでくれたと知って、あすかは嬉しかった。

あすかは、眠っていて、朝の内TVで「新人アイドル歌手のデビューシングル、大ヒット！」のニュースを流していたことを知らない。

中津が上機嫌――というより興奮しているので、成功だったんだな、と想像はついていたが、具体的な数字を聞いているわけではなかったのだ。

嬉しくないわけではなかった。大勢の人が自分の歌ったCDを買ってくれるなんて、ふしぎな気分だ。

でも、実感はない。ただ確かなのは、これから自分がもっと忙しくなるということだった……。

そのとき――廊下で何か騒ぎが聞こえた。

「何だろ？」

大きな声を出しているのは――男と女。三、四人らしいが。

でも、あの声……。

「まさか」

と呟いて、急いでドアを開けて廊下へ出てみた。

「やめて！　痛いでしょ！」

「佳美！」

あすかはびっくりした。

Kプロの若い男の社員が二人、佳美を床へ押し倒して、腕をねじ上げているのだ。

「やめて！——何してるの！」

と、あすかは駆け寄ると、「私の友だちよ！　離して！」

と、男たちに叫んだ。

「部屋へ入ってなさい！」

と、男の一人は佳美にのしかかるようにしながら、「社長の言いつけなんです！

勝手に近付く奴がいたら取っ捕まえとけって！」

「馬鹿言わないで！　私が来てもらったのよ！　手を離して！」

「あんたは黙って部屋にいりゃいいんだ！」

あすかは、必死で男たちを引き離そうとしたが、とても力では無理だ。

廊下に内線用の電話が置かれていた。あすかは駆けて行って受話器を取ると、フロントの番号を押して、

「廊下で女の子が襲われてるんです！　すぐ来て！」

と、大声で言った。

男たちの一人が、

「何をするんだ！」

と、駆けて来た。

「助けて！　人殺し！」

と、あすかは思い切り叫んだ――。


「やれやれ……」

中津がため息をついた。

――ホテルの、あすかの部屋である。

「君もひと言、僕に言っといてくれりゃ良かったんだ」

と、中津はあすかに言った。「何も知らなかったんだから、あの二人は」

「私の友だちだって言ったのに！」

と、あすかは声を震わせた。

「しかしね……。君の身に危険があるかもしれないというんで警戒してたんだ」

「そんなこと、ひと言だって言ってくれなかったじゃない！」

「君が不安になるだろ。だから黙ってた」

ドアをノックする音がして、中津が急いで開けると、角倉社長が入って来た。

「やっとホテル側も納得してくれたよ。表沙汰(おもてざた)にならずにすんだ」

と、苦々しい表情で、「せっかくの成功にけちがつくところだったよ」

「佳美は？」

「今来る」

と、角倉は言って、「いいか、君は何をするにも、必ず中津に言ってからにしなさい。これからだって、どんな人間が君に近付いて来るかもしれないんだ」

「でも――」

と、あすかが言いかけたとき、

「社長」

と、ドアの外で声がした。

角倉がドアを開けると、さっきの男性社員と佳美が立っていた。

あすかは駆け寄ったが、佳美は硬い表情のまま、何も言わなかった。

「佳美！　大丈夫？」

「こっちの方がひどい目にあったぜ、ひっかかれて」

と、社員が言って、

「よせ」

と、角倉ににらまれた。

「――前田君だったな」

と、中津は微笑を作って、「僕がいれば、君のこともすぐ分ったんだがね。ま、あすか君のためにやったことなんだ。勘弁してくれ」

　佳美は、床へ押し倒されたときにスカートが破れ、シャツもボタンが飛んでしまっていた。髪を留めていたカチューシャも折れてしまった。

　しかし、服やアクセサリーより、男二人に力ずくで押え付けられたというショックの方がずっと大きい。顔色は青ざめたままだった。

「君もね、これからは予め断ってから、あすか君に会いにくるようにしてくれないか。その方がお互いのためだ」

　聞いていたあすかが、

「私が呼んだんだって言ってるじゃない！」

　と、涙声で言った。

「そんな心配、無用です」

　と、佳美は中津に言った。「もう会いに来ませんから」

「怒るなよ。ね、君には感謝してるんだ。何といっても、この金の卵を運んで来てくれたのは君なんだから」

　中津は札入れを出すと、一万円札を何枚か出して、「これを取っといてくれ」

　と、佳美の手の中へ押し込んだ。

「——何ですか、これ？」

「いや、服がそんなことになって、弁償しておこうと思ってね」

佳美の顎が細かく震えた。──涙を浮かべた目でじっと中津をにらむと、その一万円札を広げて、両手で引き裂いた。

そしてクシャクシャに丸めると、

「お返しします」

と、中津の上着のポケットへ押し込み、そのまま半ば駆け出すようにして出て行ってしまった。

──あすかは呆然と立ちすくんでいた。

佳美……。もう、二度と口もきいてくれないかもしれない。

「さ、仕度して」

と、中津が何事もなかったように、

「ちゃんとシャワーを浴びて、すっきりしておいてくれよ」

あすかには信じられなかった。──女の子の心がどんなに傷ついたか、分らないのだろうか、この人は？

「あすか君、君の兄さんに仕事を世話したのは誰だ？」

と、中津は言った。「言いたくないが、僕の口ききがなきゃ、どこも雇っちゃくれなかったんだよ」

あすかは少し青ざめた。

「——仕度するから、出てて」

「三十分したら、迎えに来る」

中津と角倉たちが出て行って一人になると、あすかはソファに力なく腰をおろして、泣き出したのだった……。

16 窓

「ごめんね、突然呼び出して」

と、佳美は言った。「何か用、あったんじゃないの？」

「何もないよ」

と、いつもながら、おっとりと言ったのは、佳美のボーイフレンド、高林悟。

佳美は、あすかの泊っているホテルを出て、真直ぐ家へ帰る気にはなれず、思い立って高林の勤め先に電話したのだった。

彼の仕事が終るまでの間に、佳美はデパートで、破れたのとできるだけそっくりのスカートを買って、はき替えた。家で「何があったの？」と訊かれるのがいやだったのだ。

そして、そのデパートの中の食堂で、高林と待ち合せた。

「私、〈お子様ランチ〉食べたいな」

と、カラフルなメニューを眺めて佳美が言うと、高林はちょっと笑って、

「子供に戻りたいの？」

と言った。

「そう。――そうかもしれない」

と、佳美自身、初めて自分の気持に気付いた。「でも、年齢を戻すなんて、不可能なのよね」

「想像の中じゃ可能だよ。誰にも迷惑はかからないし、いいんじゃないか？」

高林がそう言ってくれると、佳美もホッとする。

ウエイトレスがオーダーを取りに来て、佳美が〈お子様ランチ〉を注文すると、

「〈お子様ランチ〉は十二歳以下の方だけになってるんですが」

と言った。

「いいんだよ」

と、高林が言った。「僕が〈A定食〉と〈焼きそば〉を頼むから、それで二人分だろ。あとの〈お子様ランチ〉は、この子のお腹にいる赤ん坊の分」

佳美はびっくりしたが、ウエイトレスは、

「まあ、おめでたなんですか！　奥様、お若く見えますね」

と、ニコニコして、「じゃ、〈お子様ランチ〉をお一つ、ですね」

ウエイトレスが行ってしまうと、佳美は真赤になって、

「変なこと言わないで！」

と、小声で言った。

「別に、今、君のお腹にいる、と言ったんじゃない。いつかお腹にいるようになるだろうって言ったんだ」

佳美はふき出して、

「高林君って……。怒れないわ、あなたのことは」

「ありがとう」

と、高林は真面目(まじめ)くさって、「それで、何があったんだい？ 大分ショックだったみたいだね」

「うん……」

いつもながら、高林は佳美の気持をよく見抜いている。

「無理しなくてもいいんだよ。甘いもの食べてからでも」

「甘いもの？」

「甘いもの食べてると、自分に対して大らかになってくるだろ。すると、グチをこぼしやすくなる」

「高林理論ね」

と、佳美は笑って、「――そうね。あなたに話したくて会ってるんだから……」

佳美は、あすかを訪ねて行ったホテルで、ひどい目にあったことを話した。

「私……あすかのせいじゃないことは分ってるけど、やっぱりあの世界とは付合っていけないと思ったわ。あすかはもう、『向う』の人間なんだ、って」

高林は少し考えていたが、

「君の気持は分るよ。僕を連れてってくれりゃ、代りに殴られてあげたのに」

「まさか」

「でも、あすか君はもう抜け出せないんだろ。お兄さんのこともあるし、お家でも期待されてるだろうしね」

「そうね」

「あすか君にとって、唯一、『普通の自分』に戻るための小さな窓が君だ。時々、その窓を開けて、酸素を取り入れるんだ。その窓を閉ざしちゃ可哀そうだよ」

「うん……」

「その中津みたいな男は無視するんだ。世の中、誰かに腹を立ててることくらい、エネルギーのむだづかいはないよ」

高林に言われると、腹立ちが少しずつ消えていく。ふしぎな効果だった。

——二人は食事をしながら、あすかと関係のないおしゃべりをして時間を過した。

食後、予定通り（?）甘いものを食べながら、

「——あすか、これから大変なことになるわ、きっと」

「何か話したいときは、向うが連絡してくるよ」

「そうね。――夏休み、どうしようかなあ」

初めて、そんなことを考えた。あすかと一緒になって「忙しがって」いたので、何も予定していない。

「高林君、どこかに行くの？　夏休み、少しは取れるんでしょ？」

「うーん、どうかなあ……。何しろ中小企業だからね。休日出勤も多くなって来てる。僕のいる所はそうでもないんだけど、いつまでものんびりしちゃいられないだろうな」

「そう……。ね、もし休めるようなら、うちが家族で出かけるとき、一緒に来ない？」

「荷物持ち？」

高林も、自分がどう期待されているか、よく分っているのである。

「それもあるけど……」

「ご両親がOKなら、喜んで行くよ」

「そう？　じゃ、相談してみよっと」

と、声を弾ませる。

佳美はすっかり元気を取り戻して、高林君と会って良かった、と思ったのだった……。

羽田空港で札幌行の便を待っていた角倉は、事務所からの連絡で、義父の大崎へ電話を入れた。

「――お待ち下さい」

電話に出たのは、大崎の秘書である。

「先生はただいま来客中で」

「じゃ、また連絡します」

と、角倉は言った。

もう搭乗の時間で、とっくに他の乗客は乗ってしまっている。――急に中津がTVの取材を入れてしまったので、あすかが遅れているのだ。

「いえ、私から代りにお伝えするように言われておりますので」

大崎の秘書は、いかにもエリート風の青年で、北川(きたがわ)といった。いつも事務的なしゃべり方をするので、よく中津と、

「ありゃ、よくできたロボットだぜ」

と、冗談を言う。

「まず、川畑あすかさんのご成功に、おめでとうと伝えてくれ、とのことでした」

と、北川は言った。

「恐れ入ります」

角倉は、公衆電話で話しながら、ジリジリして出発ゲートの方へ目をやっていた。

——飛行機が出ちまうじゃないか！

「それから——」

と、秘書の北川が続けて、「前に申し上げた通り、一度、あすかさんと会食したいとのことです」

「分ってます。ただ、当分キャンペーンで日本中を飛び回っていまして……」

「あまり、先生をお待たせしない方がいいと思いますが」

北川の言い方には感情など全くこもっていない。

「分っていますよ。今、北海道へ発つので、飛行機に乗るところなんです。東京へ戻りましたら必ず連絡するとお伝え願えませんか」

「分りました。念のためにくり返しますが、先生は待たされるのがお嫌いです」

「はい、よく分っています」

しつこい奴だ、全く！

「それでは」

「どうも。よろしくお伝え下さい」

と、電話を切ろうとすると、

「お分りですよね」

「――は？」

「会食といっても、食事だけじゃない、ということ。子供じゃないんですからね」

北川はそう言って、「それでは」

と、電話を切った。

角倉は少しの間、受話器を持ったまま、立っていた。

今の言葉は――はっきりしている。大崎はあすかが「欲しい」のだ。

「参ったな！」

今のあすかは、新しい世界になじむのに必死だ。もし、そんなことを無理強いしたら……。

「すみません！」

中津が、あすかと一緒に走って来るのが見えた。「リポーターの手ぎわが悪くて」

「急いで乗ろう。もうぎりぎりだ」

あすかもハアハア息を切らしている。

三人は、搭乗口へと急いだ。――渋い顔の航空会社の係員に頭を下げ、機内へと通路を歩いて行く。

先に乗っていたスタッフが、心配して待っていた。

「早く早く！」

あすかは機内に入り、ジャンボ機の二階席へと上ると、スーパーシートの一番奥の席に座って、汗を拭（ぬぐ）った。

「——おい、中津」

と、角倉は言った。「話がある」

すぐに機体は動き出した。

17　落とし穴

「シートベルト着用のサインが消えましたが、飛行中、揺れることがございますので、お座席ではシートベルトをおしめ下さいますよう、お願い申し上げます」

アナウンスが機内に流れると、早速飲物のサービスが始まる。札幌まで、わずか一時間余りのフライトである。

「――話があるんで、ちょっと後ろへ移る」

と、角倉はスチュワーデスに言って、中津を促すと、空いている後方のスーパーシートへ移った。

「内密の話だ」

と、角倉は言った。「特に、あすかには」

「どうせ、本人はスヤスヤ寝てますよ。何ですか？」

と、中津は言った。

「さっき、空港で大崎さんの秘書の北川と話した」

「ああ、あのロボットみたいな」

「そうだ」

角倉が、少しためらって、「大崎さんが、あすかと会いたいと言ってる」

「そうですね。憶(おぼ)えてますよ、その話は。でも、このキャンペーン中に時間を作るのは難しいですね」

「それもそうだが、それだけじゃない」

角倉は少し隣の中津の方へ身を寄せて、「——あすかと食事するだけじゃないって言うんだ。その後も向うは期待してる」

「その後……」

「要するに、『先生』はあすかの若い体に関心があるってわけだ」

角倉はため息をついて、「今はそんな時代じゃないと思うが、それでも、あの人の要求を突っぱねるというのは難しい。——どうする？　あすかは、まだ男を知らないんだろう」

「たぶん、そうだと思いますが……。今の高校生は分りませんから」

と、中津はさしてびっくりしている風でもない。「しかし、大崎さんのご希望となると……」

「うん。まあ、気に入ってもらえれば、あすかのために力を貸してくれるだろう。ただ、問題はあすかだ」

角倉は、スチュワーデスが来ると、

「水割りをくれ」

と注文した。

「僕はウーロン茶」

中津はそう言って、「まあ、どこか予定を変えてでも、空けますよ。大丈夫です」

角倉の方が面食らった。

「スケジュールのことを言ってるんじゃない。あすかの気持の問題だ」

「それは分りませんよ。いくら今の子だといっても、みんな同じじゃありません」

「だからこそだ。――今、売り出しの大切な時期に、そんなことでショックを受けて、逃げられたら……」

「しかし、大崎さんのご希望をお断りするわけにはいかない。そうでしょう?」

「まあな」

「それじゃ、考えてたって始まりませんよ。要は、あすかが『こういうこともあるんだ』と納得すりゃいいわけです」

「それはそうだが……」

「今の方がいいんです。忙しくて目が回るほどだし、一気にスターになって、ポーッとしてますから。それ以外のことは大したことじゃないんだと思わせればいいんです」

角倉は、中津にとってタレントは「商品」でしかないのだと知って、少し心が寒々として来た。

自分だって、人のことを責められた立場ではない。しかし、中津ほど、みごとに割り切ることはできなかった。

「――そうですね。早い方がいいんですね？」

「ああ」

「じゃ、二十日はどうでしょう？　夜の予定のインタビューを昼間へ持ってくれば、時間は空きますが」

まるで事務的な打ち合せの時間を決めているようだ。

「そう伝えよう」

と、角倉は言った。

「明朝までにご返事を。向うの変更に時間が必要です」

「分った」

「それと、もう本格的に活動を始めたので、ずっと私が付いているわけにもいきません。有能なマネージャーを付けます。ご心配なく。世間の裏側をずっと見て来た女です」

何も俺が心配することはないんだ。

――角倉はそう自分に言い聞かせた。

「じゃ、後はそっちでやってくれるか」

「分りました」

中津はアッサリと言って、運ばれて来たウーロン茶を一気に飲み干したのだった。

TVから流れて来たのは、さすがに亮も耳になじんでいる、妹あすかのデビュー曲だった。

「――凄いわね」

と言ったのは、チカだった。「一夜でスター！　世の中って、こんなことがあるものなのね」

「そうだね……」

川畑亮は、曖昧に肯いた。

正直、妹のことなど亮にはどうでも良かった。今の亮は、チカのことで頭が一杯である。

「あーあ」

小さなバーで飲みながら、チカは伸びをして、「何か面白いことないかな」

亮は、チカのこういう気の置けないところが好きだった。——いや、好きだから、どんなこともすてきに思える、と言った方が正しいだろう。

「もう大学は休みなんだね」

と、亮は言った。

今夜は、亮にしては、かなり無理をしてのフランス料理。そして、その後、このバーへ寄っている。

もちろん、このまま別れる——というか、亮はチカを彼女のマンションまで送って行くつもりだ。

送るだけ。——それだけだ。

チカは、キスぐらいしてくれるが、あんまり心のこもったものではない。亮といえども、それくらいのことは分る。

自分が、女の子を魅了するようなタイプでないことも、知っている。

だから、送って行って、その先……などとは、考えることもできないのである。

「もう九月の半ばまで休みよ」

と、チカは言った。「大変ね、お勤めの人は、休みが少なくて」

「僕は散々休んだからね」

亮としては精一杯のジョークだ。

カウンターに並んで座ったチカは、ぼんやりと遠くを眺めているような目つきになった。

亮の手から、ほんの数センチの所に、チカの白くて柔らかい手がある。——触れて、握ってみたい、という思いがこみ上げて、亮は爆発してしまいそうだ。

もう何回かこうしてデートしてるんだ。手くらい握っても、何てことないさ。

そう自分へ言い聞かせるのだが、チカが冷たくはねのけたら。ピシャッとひっぱたかれたら……。そう考えると怖くなってしまうのだった。

カウンターの滑らかな表面を、白くて細い指がリズムを取るように叩(たた)いている。

亮は、少しずつカウンターに指を這(は)わせて——ついにチカの手に触れた。

リズムを取る指が止る。

でも——手をどかそうとはしない。

大丈夫だ！　いやがっちゃいない！

喜びが亮の喉(のど)もとへこみ上げて来た。

汗ばんだ手を、そっとチカの手に重ねる——。

「ちょっとお化粧室に」

スッとチカが立って、スツールを離れる。

亮は、フッと息をついて、がっかりしたような、その一方でホッとしたような気持だった。

汗が首筋や額にふき出して、亮は急いでハンカチを出した……。

「いらっしゃいませ」

バーに、若い男が二人、入って来た。

見るからに、遊び慣れた感じの大学生たちである。

「いつものね」

と、注文して、二人はグアムやサイパンの話を始めた。

「——親父の別荘があるからさ、何人でも女の子は現地調達できるし」

「どうせ、沢山いるからな、夜遊びに出てる女の子が」

チカが戻って来ようとして、

「あ、石川君」

と、足を止めた。

「チカ！　こんな所で会うなんてな。付合えよ」

「私、連れがあるの」

と、チカは亮の隣へ行って、「川畑亮さんよ。——同じ大学の子なの、二人とも」

「どうも……」

と、亮はこわばった笑顔を見せた。

「へえ、チカ、最近地味になったと思ったら、こういう『おじさん』と付合ってたのか」

石川と呼ばれた男が言って、ジロジロと亮を眺める。

「『おじさん』なんて！　まだ二十三よ、この人」

「へえ！　三十二かと思った」

「気にしないで」

と、チカは亮の方へ言った。「口は悪いけど、悪気はないの」

「うん、まあ……体型が中年なのは本当だから」

「なあ、さば読んでんじゃないの？」

と、石川が笑う。

「そんなことないよ」

と、亮が答えて、「――今、ＴＶに出てる子、知ってる？」

「誰だって知ってるよ。川畑あすかだ」

「あら、あなたと同じ姓ね」

と、チカがやっと気付いた、という様子で言った。

「僕の妹だよ」

チカは目を丸くして、

「嘘でしょ」

「似てないじゃない」

と、石川が笑う。

「でも――それでCDの会社にお勤めなのね？　凄い！」

チカが感心してくれるのを見て、亮は、初めて妹に感謝したい気分になった。

「じゃ、大金持だな」

と、石川は言った。「おごってくれよ、俺たちにも」

「いいよ」

と、亮は肯いた。

「だめよ！　石川君たちは関係ないでしょ」

と、チカが遮って、「ね、出ましょう、ここ」

「でも……」

と、亮が当惑していると、チカはさっさとバーを出て行く。

亮はあわてて支払いをすませると、チカを追って行った。

――外へ出ると、まだムッとする暑さに包まれる。

チカが、少し離れた街灯の下に立っていた。

亮は急いで駆けて行くと、

「どうしたの？　いいのかい、大学の友だちを……」

と言いかけて、言葉を切った。

チカがハンカチで目を押えていた。

「――泣いてるの？　僕が何か妙なこと言うかするかしたんだね。ごめんよ。本当に気がきかないいんだ」

「――違うのよ」

と、チカは首を振って、「あんな人たちが友だちだと思われるのが悲しくて……。あなたに馬鹿にされそうな気がして……」

「そんな……。そんなこと、思うわけないじゃないか」

と、亮は言った。「僕は――チカさんがこうして僕と会ってくれるだけでも、本当に幸せなんだ」

チカが、いきなりしっかりと亮に抱きついて来た。

「チカさん……」

「私をマンションまで送って」

「うん」

「でも、そのまま帰らないでね」

チカの言葉に、亮の体中の血が逆流するようだった。

亮はチカを抱きしめた。

チカは、亮の肩越しに、道の向うに停った車の方を見た。

車の窓から市川が顔を出し、小さく肯いて見せる。

「――さ、行きましょ」

チカは、亮の手を握って言った。

18　悲劇

佳美は、電話が鳴っているのを、夢の中だとばかり思っていた。

しかし——そうではないと気付いたのは、ベッドに起き上ってからだ。

「何だろ？」

廊下へ出てみると、暗いリビングの電話が鳴り続いている。

「——お姉ちゃん」

妹の可愛もドアを開けて顔を出す。

「何かしら」

何しろ、深夜の三時。——夏だから、あと一時間もすれば明るくなって来そうだ。

両親はぐっすり眠っている。呑気なのである。

「私、出るわ」

と、佳美は廊下の明りをつけた。

「いたずらかな……」

「さあ」

リビングへ入って、明りをつけ、電話を前にちょっと呼吸を整えてから受話器を取る。

「——はい」

と、用心しながら言うと、

「もしもし」

かすれた、妙な声がする。

「もしもし？　どなたですか？」

やっぱりいたずらか、と切ろうとすると、

「佳美君……だよね」

「え？」

「僕……川畑亮だけど……」

あすかのお兄さん！　佳美はびっくりした。

「どうしたんですか？　あすかが何か——」

「お願いだ……」

と、亮が声を震わせた。「助けてくれ……。お願いだ……」

泣いている。——何事だろう？

「もしもし。——大丈夫ですか？　今、お家ですか」

しばらく、途切れ途切れの息づかいが聞こえて、

「そうじゃない。マンション……なんだ。あの……」

佳美はすっかり目が覚めて、

「彼女の、ですね」

「――うん」

「チカさん、でしたっけ」

「知ってるのか」

「タクシーで帰って来たところを、見かけました」

「そうか」

「その人のマンションで、どうしたんですか？」

「来てくれないか」

「――私が？」

「他に頼める人がいないんだ。あすかのためなんだ。お願いだ」

あすかのため……。

そう言われると、佳美も心配になる。

でも、こんな時間に――。

正直、夏休みだという気持がなかったら、断ったろう。亮と直接の付合いがあるわ

けじゃないし。

だが、電話では亮の話は一向に要領を得ない。

「——分りました。場所、どこですか？」

と、佳美は訊いて、可愛の方へ手で字を書くしぐさをして見せた。

可愛が急いでボールペンとメモ用紙を持ってくる。

亮の説明は分りにくかったが、何とかおよその見当はついた。

「——じゃ、タクシー拾って行きます」

「悪いね。待ってるよ。きっと来てくれ……」

佳美は電話を切った。

「——何なの？」

と、可愛が訊く。

「分んないわよ。でも——いやな予感がする」

「やめたら？」

「お母さんたちには黙ってて」

と言ってから、佳美は受話器を取り上げた。

そのマンションは大きな通りに面していたので、幸いすぐ分った。

佳美が支払いをしてタクシーを降りると、もう一台、タクシーが来て停る。

「——良かった！」

と、佳美は高林悟に手を振った。

「やあ、君も今？」

「うん。ごめんね。お勤め、あるのに」

「いや、大丈夫。会社で寝るから」

と、高林は言った。

「このマンションの中なの」

「行ってみよう」

小さなマンションで、高さも四階まで。

「——何ごとかしら。迷惑しちゃう」

と、佳美はエレベーターの中で言った。

「あすか君のお兄さん？」

「そうなの。あすか、今、キャンペーンでいないし……」

エレベーターが四階へ上る。

さすがに廊下もシンと静まり返っていた。

「——どこ？」

「〈402〉って言ってた。――ここだ」

佳美がチャイムを鳴らすと、しばらくして、ドアが細く開いた。

「私です」

と、佳美が言う。

「一人?」

「心細いんで、お友だち、連れて来ました」

少し間があって、ドアチェーンを外す音がした。ドアを開けて、

「――悪いね」

亮は、ひどく汗をかいていた。

「どうしたんですか?」

「入って。――声が響く」

佳美は、高林と一緒に、部屋へ上った。

「――ここ、チカさんの部屋?」

「うん……」

佳美には、そう思えなかった。いやに殺風景で、物がない。

「彼女はそう言ってた」

と、亮が言ったのは、やはり同じように感じていたからかもしれない。

居間へ入って、明るい所で亮を見た佳美は息を呑んだ。

亮の着ているTシャツに、血がついている。

「それ――どうしたんですか？」

「ああ、これはね、鼻血」

「鼻血？」

「うん……。僕ってのぼせやすくて」

「亮さん。何があったのか言って下さい」

亮は、急に力が抜けた様子で、よろけてソファへ崩れるように座ると、

「わけが分らないんだ。――チカが、僕に上れって言った。『今夜は泊って行ってね』って。僕は……不安だったけど、そう言われたら、てっきりチカが僕と――寝てもいいと思ってるんだと……」

佳美は、高林と顔を見合せた。

「――でも、僕がベッドに入ってチカを抱こうとすると――突然チカが悲鳴を上げたんだ。そして僕をひっぱたいて……。『何するの、いやらしい！』ってわめき出して……」

亮は青ざめ、冷汗を流していた。

「――それで？」

「チカは、玄関のドアを開けると、『助けて！』と大声を出したんだ。僕は、人が来たら大変だと思って、中へ連れ戻そうとした。チカは暴れて、僕を殴ったりけったりした。その時、鼻血が……」

と、亮は鼻を押えた。

「どうしたんですか、それから？」

「僕は必死でチカを中へ引き戻し、押えつけた。でも、チカは、狂ったようにわめいて、暴れる。怖くなって……人が来て、これを見たら、どう思うだろうって」

高林が緊張した表情で、

「寝室はそこですか」

と、ドアを見た。

亮が肯く。

高林が肯いて行ってドアを開けると、明りをつけた。

「――どうしたの？」

佳美が肩越しに覗いて、息を呑んだ。

ベッドに、女が仰向けになっていた。首にタオルが巻きついて、深くしめたままになっている。

佳美は膝が震えた。

「――死んでる?」

「たぶんね。――触らない方がいい。一一〇番しよう。一応救急車も」

と、高林が言ったとき、玄関のドアがバタンと閉った。

ハッとして二人が振り向くと、亮の姿が見えない!

「しまった!」

高林は急いで玄関から飛び出したが、遠くから足音が響いて来るだけだった。

「――逃げた?」

「うん。――君、どうする?」

「どうって……。放り出して行くわけにも……」

佳美は、今になってゾッとした。「亮さんが殺したのね!」

「そうらしいけど……。大変だな、これは」

佳美は、思わず高林にすがりついた。

大きな人を彼氏にしておいて良かった、と佳美は思っていた……。

19　迷路

「一人で来なくて良かった」

と、佳美は言った。「一人だったら、私も……」

「うん……。どうかな」

と、高林が考え込む。

「どうかな、って、どういう意味？」

「あの亮さんって人さ。あの人に、この女性が殺せたと思うかい？」

佳美は、高林の言葉に面食らって、

「だって……。それじゃ誰がやったの？」

「いや、そんなことは僕にも分らない。でもね、逃げるつもりなら、何もわざわざ君をここへ呼んだりしないんじゃないか？　ただ、黙って逃げちまえばいいんだから」

そう言われてみればそうだ。

「でも、私たちがそんなこと考える必要ないわ。後は警察の仕事でしょ」

「それはそうだ。でも、僕らが見た通りのことを話せば、九十九パーセント、亮さんが犯人ってことにされるだろうな」

佳美は、こんなマンションの中、死体と一緒にいて、いつもとちっとも変らずに落ちついている高林に改めて感心した（呆れたと言う方が近いかもしれない）。

「じゃ、亮さん以外の犯人がいるっていうの？」

「さあ……。ただ、亮さんって人も太めだから、何となく他人事じゃないような気がするのかもしれない」

高林は、どこまで本気でどこから冗談か、分らない話し方をする。

――チカという女性が確かに死んでいると分って、高林と佳美は、却って少し落ちついた。あわてても仕方ない、ということだ。

「この部屋の中を見てごらん。人が住んでたように見えるかい？」

と、高林が言った。

「うん。私も変だと思った」

と、佳美も部屋の中を見回して、「少なくとも、女の人の住む部屋じゃないわ」

「それに、亮さんの話が本当なら、チカという女性の方が、亮さんを誘っておいて、突然、『助けて！』と騒ぎ出したっていうんだろ？　おかしいよ」

「うん……。どういうことかしら？」

「もちろん、間際になって、急にいやになることもあるだろうけど、亮さんの話だと、そうとも思えない」

高林が考え込んでいると、部屋の電話がけたたましい声を上げて、佳美は飛び上るほどびっくりした。

「――ど、どうしよう！」

「待て。――少し様子を見よう」

少しして、電話は鳴り止み、間を置かず、また鳴り出した。今度は短めに止ったが、

「――出よう」

と、高林が言った。

「え？」

「ここへ誰か来そうな気がする。一旦外へ出ていよう」

高林に言われた通り、佳美はあわてて玄関へ出た。

二人が廊下へ出て、エレベーターの方へ行きかけると、ブーンとモーターの音がして、エレベーターが一階から上って来た。

「隠れるんだ」

高林が低い声で言った。

二人は、階段の方へと駆けて行った。

階段を途中の踊り場まで下りた所で、足を止める。

「シッ」

と、高林が唇に指を当てた。

エレベーターが四階まで上って来て、扉の開く音がした。

佳美はまるで自分がＴＶのサスペンスドラマにでも紛れ込んでしまったかのようで、とても、これが現実とは思えなかった。

足音が廊下をやって来て、ドアの開く音。――まず間違いなく４０２号室へ入って行ったのだろう。

「誰かしら？」

と、小声で言うと、

「覗いてみる？」

「――やめとく」

それきり、二人は口をつぐんでいた。

そして――五分もたっただろうか。ドアの開く音がして、足音が今度は遠ざかって行った。

どうやらエレベーターで下りて行ったらしい。

「――いなくなったみたいね」

と、佳美は言って、息をついた。

汗をかいているのは、七月の夜の蒸し暑さのせいばかりではない。

「どうする?」

「402号室へ戻ってみるよ。警察へはやっぱり知らせなきゃいけないだろ」

「でも――」

「知らせておいて、そのままここを出てもいい。パトカーが来る前に、ここから離れておけばいいんだ」

「待って! 私も行くわ」

「でも――」

「一人で置いてかないでよ」

と、高林の腕をつかんだまま、死んでも離すもんか、という様子。

結局、二人して402号室へ恐る恐る入って行った。

中は、どこといって変っていないように見えた。

そう。――大して変っちゃいなかった。

寝室にあった、「チカ」の死体が消えてしまっていたことを除けば……。

「お姉ちゃん! 起きてよ」

可愛に揺さぶられて、佳美は、

「もう少し寝かしてよ……」

と、唸った。

それからハッと目を覚まし、

「今日、終業式？」

と、訊いていた。

事実上、夏休みに入ったとはいえ、まだ、終業式で通知表をもらうという「恐ろしい行事」を通過しなければならない。

「何言ってんの。終業式、まだよ」

「――そうか！　びっくりした！」

と、胸をなで下ろしたが……。

安心するどころじゃない！　ゆうべの出来事――。

あの、チカという女が殺されていたこと。そして、あすかの兄、川畑亮が逃げてしまったこと……。

「ゆうべ――私、出かけた？」

と、佳美は訊いた。

「何言ってんの？　夜中の電話で出かけたでしょ。帰って来ても、何も話してくんなくて、いくら訊いても、『眠いのよ』って……」

と、可愛は言った。

「そうか……。やっぱり夢じゃなかったんだ……」

少し安心した。——いや、大変なことには違いないが、ともかく事実だと分れば。考えようがある。

「——あ、そうだ。変なこと言うから忘れちゃったじゃない。あすかさんから電話」

「え？」

佳美はブルブルッと頭を振って、すっきりさせるつもりが、却って クラクラして来た。

「持って来るわ」

これじゃだめだと思ったのか、可愛は駆けて行って、コードレスの受話器を持って来た。

「サンキュー」

ベッドに起き上った佳美は、「——もしもし、あすか？」

少し間があって、

「佳美……。この間、ごめんね」

と、消え入りそうなあすかの声。

あすかを、泊っていたホテルへ訪ねて、Kプロの社員にひどい目にあわされたことを言っているのだ。

「あすかのせいじゃないよ」

と、佳美は言った。「中津って奴には、頭から水でもぶっかけてやりたいけど、大丈夫。あすかとの友情には何の変りもない」

「佳美！　ありがとう！」

「あすか。――ちょっと！　泣いてるの？　いやだ。大丈夫？」

「ごめん……」

グスンとすすり上げて、「もう口もきいてもらえないと思ってたから」

「見損なわないでよ」

と、佳美は言ってやった。「今、どこからかけてるの？」

「札幌のホテル。今から寝ようと思ってるんだけど、佳美の声聞かないと寂しくて……」

「ちょっと……。今から寝る？　じゃ、ゆうべ眠ってないの？」

「うん。TVの収録とか、インタビューとか、二十何件かこなした」

「二十……。今、もう――朝の十時だよ」

そう言ってから、佳美も思い出していた。ゆうべの、とんでもない出来事を。

でも――今のあすかに話してどうなるだろう？

「佳美？　どうしたの？」

「——何でもない。いつ帰るの？」

「二十日。この後、九州と沖縄を回って帰るの」

「大変ね。じゃ、もう寝て」

「うん。——良かったわ、電話して。これで安心して眠れる」

あすかはそう言ったとたん、大きな欠伸(あくび)をしたようだった……。

電話が切れると、佳美は深呼吸をして、

「——ね、可愛」

「うん？」

「ゆうべのこと——聞きたいだろうけど、今は話せないの。待ってて」

可変も、その辺は大人で、

「いいけど……何かよっぽど困ったこと？」

「まあね」

しかし、よりによって殺人事件だとは、可愛がどんなに想像力豊かでも、思い付くまい。

佳美は、高林がちゃんと会社へ行ったかしら、と心配になった。——まあ、少々のことには動じない高林のことだ。いつもと少しも変らない様子で出社していることだろうが……。

——ともかく起き出して顔を洗っていると、また可愛が佳美の肩をつつく。

「今度は何？」

と、タオルで顔を拭きながら訊くと、

「電話。あすかさんのお母さん」

佳美は、急いで手を拭くと、受話器を受け取った。

「——もしもし」

「あの……佳美ちゃん？」

「はい、そうです」

「ゆうべ……亮と会った？」

あすかの母、しのぶの声は、妙にこわばっていた。佳美はどう答えたものか迷った。

「——はっきり言ってちょうだい」

と、しのぶは言った。「亮と何かあったの？」

「あの——亮さんは？　帰ってるんですか」

「あなたに訊いてるの！」

しのぶのヒステリックな声に、佳美はびっくりした。

「落ちついて下さい。——どうしたっていうんですか？」

「ゆうべ……というか今朝早く、亮が……まるで抜けがらみたいに、放心して帰って来て……。何も言わないの。いくら訊いても、ただぼんやりしてるだけ。そしてね──さっき、言ったのよ。『佳美君が』って」

「え？」

「『佳美ちゃんがどうしたの？』って訊いても、ただ『佳美君が』ってくり返すだけ。──何かあったの？　あなた、あの子に何をしたの？」

佳美は啞然とした。

「誤解です！　私はゆうべ亮さんに電話で呼び出されて……」

「いい加減なことを言わないで！」

と、しのぶが甲高い声で遮る。「あの子はね、ゆうべはガールフレンドとデートだったのよ。それなのに、どうしてあなたを呼ぶの？」

「落ちついて下さい！　私は何も──」

「何もしないのに、どうしてあの子があんな風になるの？　どうしてあなたの名前をくり返し言ってるの？──分ってるのよ」

「分ってる、って何のことですか」

「あなたは、うちのあすかが一人でスターになったので、妬んでるのよ！　だから、亮がガールフレンドと会ってるとき、邪魔をしたんだわ！」

佳美は青ざめた。まさかそんなことを言われようとは――。

「二度と、亮にもあすかにも近付かないで！　いいわね！」

叫ぶように言って、しのぶは電話を切ってしまった。

「――お姉ちゃん、大丈夫？」

受話器を手に、呆然と座り込んでいる佳美を見て、可愛は心配そうに声をかけたのだった……。

20　マネージャー

ドアを叩く音で、あすかは目が覚めた。

カーテンをきっちりと閉めていたので、昼間とはいえ、ホテルの部屋の中は真暗である。

ナイトテーブルのデジタル時計を見ると、三時間ほど眠ったらしい。――時間は短いが、眠りは深く、大分体は楽になっていた。

「――あすかさん」

と、女性の声がした。

「はい……」

誰だろう？

ベッドから起きると、ドアの方へ欠伸しながら歩いて行く。

「――どなたですか」

一応、ドアを開ける前に確かめた。何しろ、突然夜中にホテルの部屋へやってくるTVリポーターがいたりするのだ。

「出川です。中津さんからお聞きでしょ？」

あすかもやっと思い出した。

中津から、

「新しく君の専属のマネージャーをつけるからね。出川というベテランの女性だ」

と言われていたのだ。

「はい……」

ドアを開けると、スーツをきちんと着込んで、この暑さも少しも辛そうでない、きりっとした女性が立っている。

「出川悠子です」

と、名刺を渡し、「これから、あなたのマネージャーをつとめます。よろしく」

「こちらこそ……」

「起きて、仕度して下さい」

出川悠子は部屋へ入ってくると、カーテンをサッと開けた。あすかは、まぶしくて目をつぶってしまった。

「二十分したら出ます。ＣＤショップでのイベントがありますよ」

「はい」

「シャワーを浴びて！　そんな寝ぼけた顔で人前に出ていけませんよ」

せき立てられるように、バスルームへ。

あすかは、シャワーを浴びて、やっと目が覚めた。

シャワーカーテンを開けると、目の前に出川悠子が立っていて、びっくりした。

「体を拭いて」

と、タオルを渡される。「早く早く！　女同士でしょ。恥ずかしがってる時間はありませんよ！」

あすかは、呆気に取られながら、言われるままに体を拭いた。

「早く着替えて」

ベッドの上に一揃い、下着からワンピースまで並んでいる。

——あすかがホテルの部屋を出たのは、十八分後のことだった。

ホテルのラウンジへ下りて行くと、

「軽くサンドイッチでも食べておいて」

と、出川悠子は言った。「後、今日は夜中まで食事する余裕はありません」

「はい……」

何だか、自分の意志と関係なく、どんどん進んで行ってしまう。それがあすかには面白くなかった。

「——中津さんも、あと十分もすればみえます」

奥のテーブルがちゃんと予約してあったらしい。

あすかが何を頼もうかとメニューを見ていると、目の前にツナサンドの皿が置かれた。

「――あなたの好物でしょ」

と、出川悠子は言った。「それと、飲物はミルクティー」

あすかは少しの間、ツナサンドの皿を見ていたが、紅茶を注ぎに来たウエイトレスへ、

「すみません。ハムサンドにして下さい」

と言った。

出川悠子はチラッとあすかを見て、

「――いいわ。これ、私が食べます」

と、ウエイトレスへ、「じゃ、ハムサンドを一つ。急いでね」

「はい」

ウエイトレスが急いで戻って行く。

「――あすかさん」

「食べる物ぐらい、訊いて下さい」

「分りました。――悪かったわ」

と、出川悠子は言った。「私はこれから、あなたのお母さんよりも、あなたと一緒にいる時間がずっと長くなるの。お互い、我慢していないで、言いたいことは言い合いましょうね」

「はい」

「悠子と呼んで」

「悠子さん……。ツナサンド一切れもらっていい？」

悠子はちょっと笑って、

「どうぞ」

と皿を押しやった。

「悠子さん、いくつ？」

「年齢？　私だからいいけど、いやがる人もいますよ。私は三十八」

若く見える、とあすかは思った。

「独身？」

「ええ、今はね」

「じゃ……」

「離婚一回。——ま、そういう話はまた今度ね」

悠子は、ファイルを開けて、「今日、これからの予定をザッと説明しとくわ。食べながら聞き流してて」

あすかは、好き嫌いはともかく、この人は自分のやるべきことをよく知っている「プロ」だ、と思った。

――ハムサンドが来て、それを食べていると中津が現われた。

「おはようございます」

と、悠子が立ち上る。

「おはよう。――あすか君、眠れたかい？」

「何とか……」

あすかは、中津の上機嫌な様子を見て、今は腹が立つばかりだった。

佳美は、口ではああ言っていたが、傷ついたことは間違いない。中津は、「人の痛み」の分らない人なのだ。

――もちろん歌手としてCDデビューし、大評判になったことは嬉しい。でも、こういう暮しをいつまでも続けていられるだろうか……。そう思うと、早くも重苦しい気持になってしまうのだった。

車の外に、焼けるような日射しを浴びた高層ビルが並んでいる。

車の中で、大崎広造は一息ついていた。

「――全く、自動車電話だの、携帯電話だの、余計なものを作ってくれる」

と、大崎は言った。「昔は車の中ではぼんやりできた。その『ぼんやり』が、考えをまとめたり、アイデアを生み出すのに役立った。それが今は……」

「その通りです」

秘書の北川が助手席で言った。「スイッチを切っておきますか」

「いや、今は、いつでも連絡がつくという前提で仕事をしている。重要なことがあったとき、困る」

大崎は腕組みをして、「――北川」

「はあ」

「あの子のことはどうなった？」

「二十日の夜を空けたそうです」

「空けた？　すると――納得してるのか」

「さあ……。今の娘の考えることは分りません」

「ともかく、二十日なんだな」

「夜、経済界のパーティがありますが」

「欠席だ」

と、則座に言って、「うちへは出席ということにする」

「かしこまりました」

「そうか。──二十日でいいのか」

大崎の頬(ほお)に赤みが射(さ)す。

「どうかご用心を」

と、北川は念を押した。「何といっても、向うは今、一番売り出し中の子です」

「そこがいいんだ。スターになってしまうと、とたんに人は変ってしまう」

「その通りです」

大崎は今も憶(おぼ)えている。ダンスのスタジオで汗を流したあすかが、ぶつかって来たときのことを。

あすかの汗が、大崎の上着についていて、クリーニングへ出さないと落ちなかった。しかし、大崎は満足だった。できることなら、あのまま、あすかの汗を残しておきたいくらいだった。

ま、そうもいくまいが。

「──どこかへ泊る手はずは?」

「ご心配なく。ホテルFを予約しました。スイートです」

と、北川は言った。「あそこが一番秘密が守れるでしょう」

「うん、そうか」

「その前のお食事を、ホテルＦの中でとるようにしてはどうでしょう？　部屋へ誘うのが自然です」

「任せる」

「はい」

大崎は、まるで少年のように頬を染め、じっと外の風景を眺めていた。

21　袋小路

川畑しのぶは、何度も息子の様子を見に行った。

しかし、亮は夕方近くになっても起きて来ようとしない。――何があったのか、しのぶは訊いてみたくてたまらなかったのだが、一方では訊くのが怖くて、また部屋を出て来てしまうのだった。

亮……。せっかく仕事にも就き、ガールフレンドもできて、何もかもうまく行こうとしていたのに……。

何があったのだろう？

しのぶは、食事の仕度をするのも忘れて、ひたすら祈るような思いで、亮が起きるのを待っていた。

そして――ふと人の気配を感じて、

「亮、起きたの？」

と、振り向き、「あなた！　どうしたの？」

夫、川畑照夫が黙って立っていたのである。

「暑い！　汗ばかり出て、仕事にならん」

と、当り前のように言って、川畑照夫はネクタイをむしり取るように外した。

「早いのね。まだ五時よ」

と、しのぶは立って行ってエアコンのスイッチを押した。「クーラー、入れるの忘れてたわ」

「帰って来たんだ」

「うん……」

外は日が射して、まだ暑さは続いていた。

川畑は上着をソファへ投げて、ぐったりと座り込んだ。

「夕ご飯の用意、まだこれから――」

と、しのぶが言いかける。

「急がなくていい。あすかは？」

「あすか？　今日は帰らないわよ。あなただって知ってるでしょ。今、あすかはキャンペーンで……」

「そうか。そうだったな」

川畑は汗で光った額をハンカチで拭きながら、「分ってる。よく知ってるんだがね、一応念のために訊いてみたのさ」

しのぶは、亮のことが心配で、夫の様子がどこか妙だと気付かなかった。

「ね、あなた。亮が――」

と言いかけて、しのぶは息を呑んだ。

「亮――。いつの間に……」

パジャマ姿の亮が台所の入口に立っていたのだ。

「目が覚めたのね？　お腹が空いたでしょ。何か作るわ」

と、しのぶは立ち上った。

「母さん」

と、亮が言った。「僕……」

「いいのよ。よく分ってるわ。ちゃんと電話して、あの子に言っといたから。気にしなくていいのよ」

亮の方が、何のことか分らず、ポカンとしている。

電話が鳴って、しのぶが急いで出た。

「――ええ、そうです。――あの、どういうことでしょうか？」

しのぶは眉をひそめて、受話器を手に、「亮……。あなたによ」

誰からか、とも訊かずに亮は受話器を受け取った。

「――もしもし」

「分ってるだろ、何の用事か」

男の声が言った。「ゆうべのことを忘れちゃいまい?」

亮は無表情のまま、

「どういうご用ですか?」

と言った。

「ゆうべのことを黙っててほしかったら、今夜これから言う所へ来てもらおう。来なかったら警察へ行くだけだ」

男は低い声で言った。

亮は、じっと相手の話を聞いていたが、

「——分った」

とだけ言って、受話器を戻した。

「亮……。何だったの?」

しのぶが訊いても、

「何でもない」

とだけ言って、亮はさっさと自分の部屋へ戻ってしまった。

「——あの子、おかしいのよ」

しのぶは夫に、訴えるように言った。

「また、前のようになったら、どうしようかしら?」

しのぶは、夫も「おかしい」ということに、まるで気付かなかった。

「ともかく——」

と、川畑は言った。「飯の仕度をしろよ」

「え、ええ……。そうね」

しのぶが台所へ行く。何かしていた方が、まだ気も紛れるというものだ。

「ちょっと出てくる」

川畑は台所の方へ声をかけて、立ち上った。しかし、流しで水を一杯に出していたしのぶの耳には、夫の声は聞こえていなかった。

——川畑照夫は、上着をつかんで、家を出た。

ムッとする暑さ。川畑は、うんざりして空を見上げた。

「俺の娘だ」

と、ひとり言を言う。「娘の稼いだ金を親がきちんと管理してやるんだ。当り前のことじゃないか」

そうだとも。何も恥ずかしいことじゃない。これがあすかのためなんだ。

歩き出すと、

「川畑さん」

と呼ばれて、

「あんたは……」

振り向いた川畑は戸惑った。「あすかと一緒じゃなかったのか」

車が停って、中津が顔を出していた。

「先に戻ったんです。何しろ、仕事が山のように入ってるんでね」

と、中津は言った。「乗りませんか。送りますよ」

「ああ……」

「この暑いときに、汗だくになって歩くことはありませんよ」

その通りだ。——川畑は、すすめられるままに助手席に乗った。

「いい車だね」

「ジャガーです。あなたも、あすか君の稼ぎで、すぐこれくらいの車に乗れるようになりますよ」

川畑はちょっとギクリとした。金のことを考えていたからだ。

「——よく、どんなに稼いでも、月給いくら、と決っていて、本人のものにはならないというので、やめる子がいますがね。私はそんなあくどいことはしません」

車は滑らかな動きで、広い通りへ出た。

「何も、娘の稼ぎをあてにしてるわけじゃないよ」

「ええ、分ってます」

と、中津は肯いて、「しかし、お勤めを辞めたら、そうするしかありませんよ」

川畑は顔を真赤にした。

「――どうして知ってる！」

中津は笑って、

「当てずっぽうに言ったんです。でも、やはりそうですか」

「――会社中で散々皮肉を言われ、当てこすられて、とてもじゃないが、我慢できなかったんだ！」

「よく分ります。ありがちなことですよ」

と、中津は言った。「あすか君には、給料の他にCMのギャラの半分が入ります。大丈夫。スターにふさわしいライフスタイルを身につけるのも大切です。あなたが、あすか君の収入を管理するんです」

「うん……」

川畑はホッとした。中津にそう言われたことで、自分の中の後ろめたさが消えたようだ。

「どうです、食事でも」

「いや……。女房が今仕度してる」

「それじゃ、軽く一杯。それぐらいならいいでしょう」

川畑には、それを断る理由はなかった。

――中津は、ホテルの車寄せにジャガーを入れ、その最上階のラウンジへ川畑を連れて行った。

「――やっと日が沈みますね」

ビルの谷間に埃(ほこり)っぽい太陽が沈もうとしていた。

「何か話でも？」

「ええ。どうでしょうね。あすか君の給料を契約の三倍にしましょう」

川畑は呆気(あっけ)にとられていたが、

「そりゃどうも」

と言った。

「もちろん、こちらはそれでも儲(もう)けさせてもらっています。しかし、あなたも仕事を辞めたとなると、あすか君の収入が頼りだ」

「まあね……。だが、次の仕事も捜すつもりだよ」

中津は微笑(ほほえ)んだ。――そんなことができるものでないのは、よく分っている。

「ともかく、あすか君はせっかく順調にスタートしたんです。ここで頑張れば一気に波に乗れる」

と、中津は言った。

カクテルが来て、二人は口をつけた。

「——二十日に、あすか君は戻ります」

と、中津は言った。「ただ、その晩はお宅へ帰りません。それを承知しておいて下さい」

川畑は目をパチクリさせて、

「何の話だ？」

「Kプロの角倉社長の奥さんは、大崎広造先生の娘さんです。ご存知でしょう」

「国会議員だ」

「そうです。マスコミにも大きな力を待っている。その大崎広造先生が、あすか君に関心をお待ちなのです」

「——というと？」

「二十日の夜、あすか君は大崎先生のお相手をつとめる。一夜だけです。その代り、もうあすか君の成功は約束されたようなものです」

「待ってくれ」

川畑は目を見開いて、「その——議員があすかのことを？　そんなことが——」

「断れば、あすか君は一発屋で終るでしょう。デビューしたものの、後が続かない。その内に忘れられ、他の子たちがあすか君にとって代る」

「生活はどうします？　あなたは他の職場で、今までの半分くらいの給料で働くことになる。息子さんも、当然今の会社にはいられない。――どっちを選びますか」

「しかし……」

中津の口調は淡々としていた。

「あすかは……あの子は承知してるのか」

さすがに、川畑も青ざめている。

「何も知りませんよ。それを言い含めて納得させて下さい。いいですね」

中津は返事など待たなかった。「お話しできて良かった。こういうことは、割り切って考えることです」

中津は立ち上ると、

「約束があるので。――ここは払っておきます。それから……」

一万円札を出してテーブルに置き、

「タクシー代です」

と言うと、中津は足早にラウンジを出て行った。

川畑は、しばし夢でも見ているような気分で、テーブルの上の一万円札をじっと眺めていた……。

22　突発事件

夜の公園は、亮にとって居心地のいい場所ではなかった。

特に夏の夜には、公園のベンチは恋人たちで一杯になる。——暑さをものともせず、しっかりと抱き合っていたり、手を握り合っていたり……。

亮は一人でそんな恋人たちの前を駆け抜けるように通って、息を弾ませ、足を止めた。

——木立ちの間の道は、ベンチがないので人影がない。

どこへ行けばいいんだ？

この公園、としか聞いていない亮は、あまりの広さに戸惑っていた。

「ずいぶんあわてているね」

と声がして、振り向くと、男が一人、暗い所に立っていた。

「追いつくのに息が切れたぜ」

と、男が言った。

「——何の用だ？」

「分ってるだろ。分ってるからここへ来たんじゃないか」

と、男は言った。「あんたが殺した女のことさ」

亮は膝が震えた。

「僕は——僕は——」

「大丈夫。落ちつけよ」

と、男は笑って、「可哀そうなことしたぜチカは」

「チカ……。大好きだったんだ」

「分ってる。あの子も、あんたのことを愛してた」

「——チカが？」

「そうとも。だけど、あんたの妹が有名になって、チカは自分が疑われるのがいやだったのさ。『有名人の兄』だから抱かれたと思われるのがね」

「チカ……」

亮は涙がこみ上げて来た。

「なあ、あの子のことを可哀そうだと思うのなら、償いをしてくれよ」

「僕にできることなら……」

「そりゃ嬉しい。あんたがそう言ってくれたら、チカもあの世で喜んでるよ」

「あの世で……」

亮は両手で顔をおおって泣き出していた。

「──元気を出しな」

男は亮に近付いて、肩を叩くと、「大して難しいことじゃない」

「何を……すりゃいいんです?」

と、亮は顔を上げて、涙声で訊いた。


「──お疲れさま」

と、マネージャーの出川悠子は言った。「ゆっくり眠って下さいね」

「はい」

今日の仕事が終った、となると、あすかは早速大欠伸をした。

「遅くまでTVを見てちゃだめですよ」

ホテル暮しにも大分慣れて来た。

あすかは、ルームサービスで夜中、一人でお茶漬を取って食べるのが楽しみだった。

午前一時。──今夜は早く終った方だ。

エレベーターの中で、

「明日は帰れる!」

と、あすかは伸びをした。

「でも、夕食の約束が」

「ええ？　誰と？」

と、オーバーに顔をしかめて見せる。

「断ってよ！　ね、いいでしょ？」

「だめです。大切なお客様ですよ」

と、悠子は言った。「――さ、降りましょう」

エレベーターを降り、廊下を歩いて行く。

「朝は八時起きで充分ですね」

と、手帳をめくりながら、「九時にここを出て、空港へ向います」

あすかが足を止めた。

それに気付いて、悠子も手帳から目を上げた。
十七、八かと思える男の子が、廊下に立っていたのである。
「――何かご用？」

悠子がさりげなくあすかの前に出る。

「あの……あすかさんのサインが欲しくて」

と、男の子は頭をかきながら言った。

「今はプライベートな時間なの」

と、悠子は言ったが、「——じゃ、今だけのことよ。他の人にしゃべらないで」

「はい！」

男の子は嬉しそうに言って、「じゃ、このTシャツに……」

白いTシャツを広げて、サインペンを取り出す。

「ここじゃ書けないわね」

と、悠子はため息をついて、「じゃ、私の部屋へ」

悠子がルームキーでドアを開ける。

中へ入って、テーブルに白いTシャツを広げると、「サインペンを貸して——。あすかさん、シャツを押えてるから」

「うん」

あすかは、大分練習して書き慣れた自分のサインを、そのTシャツの真中に書きつけた。

「——ありがとう！　一生の宝物です」

と、男の子が深々と頭を下げた。

「大げさよ」

と、あすかは少し照れくさくて、「じゃ、どうも」

と手を出した。

男の子は、あすかの手を固く握りしめ、

「ありがとう!」

とくり返して出て行った。

――あすかと悠子は顔を見合せた。

「みんな、あんなに礼儀正しいといいんですけどね」

「そうね。――でも、まだそんなに強引なファンに会ったことないわ」

「ひどいのがいるんですよ」

と、悠子は言って、「じゃ、部屋まで送ります」

「大丈夫よ。すぐそこじゃないの」

「いいえ。油断大敵です」

悠子はドアを開けた。

目の前に、さっきの男の子が立っていて、ちょっとドキッとする。

「まだ何か?」

と訊くと、

「あすかさんから欲しいものがあるんです」

「何かしら? サインだけで勘弁してあげて。疲れてるのよ」

「ええ、もちろん分ってます。すぐすみますから」

と、男の子は言った。「今なんです。大切なのは、今、この時間なんです」

悠子は、男の子の口調に、突然危いものを覚えた。

「出てって！」

と、男の子を押し出そうとした。

その悠子の手の下をかいくぐって、男の子の手に握られた刃物が光った。

「アッ！」

と、悠子が短い声を上げる。

「悠子さん！」

「出て来ないで！」

悠子は、あすかの体を押し戻すと、自分は廊下へ出てドアを閉めた。

「あなた……」

悠子が脇腹を押えて呻く。指の間から血が流れ出た。

男の子は血を見ると、真青になって、エレベーターへと駆け出す。Tシャツが落ちた。

悠子は膝をつくと、呻きながらゆっくりと倒れた。

「悠子さん！」

あすかが叫んで、ドアを開けた。

「だめ……。出て来ないで……」

悠子がとぎれとぎれに言った。

「今、ホテルの人へ――」

「フロントへ電話して……。8番です」

「うん、今すぐ――」

「中に入ってて！」

あすかは、部屋の中の電話へと飛びついた。


「――もう朝だ」

と、あすかは言った。「ごめんね、佳美」

「ううん、いいの」

佳美は、やさしく答えた。

「悠子さん……。大丈夫かな」

ホテルの自分の部屋から、佳美へ電話しているのである。

「あすかのせいじゃないんだから、気に病んじゃだめよ」

と、佳美は言った。

「うん……。ホテルの人が空港まで送ってくれることになってる」

「少し眠ったら？　悠子さんって人、そうひどくないんでしょ？」

「でも……。血が一杯出て……。怖かった」

あすかは、次第に明るくなる窓の方へ目をやった。

——佳美は、あすかの話を聞いているだけだった。

あすかの母に、ひどいことを言われたが、それをあすかに告げても仕方ない。

誤解なのだから、やがて分ってくれるだろう。

「じゃ、帰ったら電話するね」

と、あすかは言って電話を切った。

佳美はベッドに横になって、息をついた。

「——どうしたの？」

可愛がドアを開けて覗く。

「起こしちゃった？」

「ううん。今、目が覚めて——。何かあったの？」

佳美の話に、可愛はびっくりして、

「ひどい！」

「色んな人がいるわね」

と、佳美は言って欠伸した。「くたびれた！」

「眠りなよ。——お姉ちゃんも損な性格だね」

「生意気言って」

と、佳美は笑って妹のおでこを指先でついてやった。

——一人になり、佳美はベッドで目をつぶったが、すぐには寝つけない。

暑さのせいもあるが、それだけではなかった。

スターになったあすかを、羨しいと思う気持はあった。しかし、あすかとの間が変らないのは事実だ。

問題は——あの亮が巻き込まれた事件にせよ、今のマネージャーが刺された件にせよ、あすかのデビューに絡んで、事件が多すぎるということだ。

これで終るとは思えない。大体、亮の彼女の死体が消えて、それきりどうなったのか分らないのだ。

「——私、歌手になりたかったんで、探偵になりたかったわけじゃないのになあ」

と、佳美はため息と共に呟いた。

そして、ウトウトと眠り始めたのである。

23　狼と羊

川畑照夫は拍子抜けした。

妻、しのぶに会社を辞めたことを、やっと打ち明けたところである。

しのぶがヒステリーを起こして騒ぐだろうと覚悟して、手回しよく窓を閉め切り、まだ外は明るいのにカーテンを引いて、クーラーを強く入れ（カッカしないように）て、準備してから話をしたのだが、しのぶの方はアッサリと、

「ああ、そう」

と言った。「じゃ、あすかの仕事の細かいことも見てくれるのね？　助かったわ」

川畑はホッとするより肩すかしを食って少々腹を立て、

「おい、いいのか？　うちの一家が、あすかの収入に頼って生活することになるんだぞ」

「仕方ないじゃないの」

と言い返されると、川畑も黙るしかない。

「それに、他人なんて信用できないわよ。よくあるじゃないの。一番信用してた何十

年来の親友が、お金を持ち逃げした、とか。やっぱり家族がお金の管理をしなきゃだめなのよ」

「うん……。それもそうだ」

「あなたがやってくれるのなら、私は安心してあすかについていてやれるわ」

しのぶは却ってホッとした様子。

川畑は、何だか急に疲れたような気がした。

いや、妻に泣きわめいてほしかったわけじゃない。皿や茶碗でも投げつけられたりしたら、もっと「疲れた」かもしれないが、それでも、二十何年も勤めた会社を辞めたということは、自分にとって「一生に何度とない大事件」だったのである。

ところが、しのぶはそんなこと考えもしないらしい。——俺が何十年も勤めて来たことが、妻には「どうでもいいこと」だったのか……。

そう思うと、ドッと疲れが出たのだった。

「それより、亮のことが心配だわ」

しのぶにとっては、亮とあすかの二人が大切で、夫はどうも「添えもの」らしい。

「ま、その内元気になるさ」

川畑は、いささかむくれて腕組みをした。

そこへ、玄関のドアが開いて、

「ただいま！」

あすかの明るい声が響いた。

「まあ……。あすか！」

しのぶが玄関へ飛び出していく。

川畑は、中津に言われたことを思い出していた。

あすかは今夜、大崎とかいう議員と会食する。そして、大崎の「相手」をする……。

とんでもないことだ。あすかは何も知らない。何が自分を待っているのかも知らずに出かけていく……。

「——ただいま、お父さん！」

あすかは日焼けして元気そうだった。

「心配してたのよ、マネージャーさんがあんな目にあって」

「うん、出川さん、可哀そうだった。でも、傷は大したことないの。お母さんによろしくって」

「そう……。でも、あなた今夜はどなたかと食事するんじゃないの」

「うん。でも時間が少し早いから、着替えようと思って」

あすかは、居間へ入って、「どうして今ごろからカーテン閉めてるの」

「いや、何でもないんだ」

川畑はあわててカーテンを開けた。

「私、シャワー浴びる！　汗かいてるわけじゃないけど、やっぱり何となくさっぱりしなくて」

「そうね、じゃ下着も替えてらっしゃい。今出すわ。何を着てくの？」

「何がいい？　国会議員なんだって、今日のお相手。会ったことあるんだけど、よく憶えてないのよね……」

「何時に出るの？」

「中津さんが迎えに来るから。六時ごろ……」

あすかとしのぶの声が浴室の方へ消える。

羊が何も知らずに狼の所へノコノコ遊びに行くようなものだ。

川畑は、居間の中をクルクルと歩き回った。

あすかに言い含める？——そんなことができるもんか！

父親としては、そんな奴、議員だろうが何だろうが、ぶん殴って、

「娘に手を出すな！」

と言ってやるべきだろう。

それであすかが歌手としてやっていけなくなっても……。

「俺がついてるんだ！　心配するな！」

と、胸を張って言ってやるのだ。

そうだ。――それが父親として当然のことだ。

分ってはいた。しかし……。

川畑は、ソファに身を沈めて、じっと考え込んでいた。

三十分ほどたって、あすかが、

「ああ、気持いい！」

と、下着姿でやって来る。「やっぱり、うちのお風呂じゃないと、入ったって気がしないね」

「うん……」

川畑は、あすかから目をそらしていた。

「あすか！　風邪ひくわよ。そんな格好で。――さ、服を選ばないと」

「はあい」

と、あすかは母と一緒に出て行った。

――俺に何ができる？　会社を辞めてしまって、無収入の俺に。

他の仕事を捜すといっても、今までのような待遇は望めない。それでも仕事が見付かればいい方である。

二十何年も、ひたすらデスクワークをして来て、今になって急に客商売がやれるだろうか？

それよりも、あすかの収入を管理して、あすかが何の心配もなく歌に打ち込めるようにしてやるのが、親のつとめではないか……。

今夜のことは……。そう、今夜一晩だけ目をつぶっていれば――。

「――お父さん、出て！」

というしのぶの声に、川畑はハッと我に返った。

玄関のチャイムが鳴っている。

「――はい」

と、インタホンに出ると、

「中津です。あすか君をお迎えに来ました」

いつもの中津の、冷静そのものの声。

川畑は、一呼吸置いてから、

「ご苦労さまです」

と言った。

「お待たせして」

と、しのぶがあすかを連れて出て来る。

「いや、時間は充分あります」

と、中津はソファから立ち上った。

あすかは、一流レストランに入ってもおかしくないように、少し大人びた格好をしていた。

「――こんな服装でよろしいでしょうか」

と、しのぶが訊く。

「結構ですとも。とてもすてきだ」

と、中津は肯いた。

「その議員の先生に失礼のないようにするのよ」

と、しのぶはあすかの髪を少し直してやりながら言った。

「中津さんも一緒だもん。大丈夫よ」

「大崎先生は、とてもあすか君を買ってらっしゃるんです。先生に気に入られれば、大きなプラスになる」

「どうぞよろしく」

と、しのぶが改まって言った。

そのとき――あすかが居間のドアの方へ目をやって、

「お兄さん」

と言った。

亮が立っていた。

「——帰って来たのか」

と、亮は言った。

「うん。でも、また出かけるの。——お兄さん、どう?」

「うん……。元気だ」

亮は、中津に気付くと、「あ——ちょっと今日は、仕事休んじゃったけど」

そして、言いわけがましく付け加えた。

「明日はちゃんと行きます」

「そうしてくれ」

中津は肯(うなず)いて、「自分に負けちゃいけないよ。そうだろ?」

「——ええ」

「本当にね、お仕事まで世話していただいて……」

しのぶが言いかけると、あすかは遮るように、

「さ、行こう! 中津さん、行きましょうよ!」

と、さっさと玄関へ出て行った。

「では」

中津は川畑へ、ちょっと意味ありげな視線を向けて、「帰りが多少遅くなるかもしれませんが、ご心配は無用です」

「よろしくお願いします」

しのぶが玄関まで送る。

川畑は、ドアが閉る音を、ソファから動かずに聞いていた。

何も言わなかった。——言えるものか。結局、止めようともしなかったのだ。

「あなた、中津さんにもっと愛想良くしてよね」

と、しのぶが戻って来て言った。「特にこれからあの子の収入を見るんだったら」

「分ってる」

川畑は立ち上って、「疲れてるんだ。少し寝る」

と、居間を出て行ってしまった。

「何でしょうね、もう……。亮、お腹空いてる？」

「うん。何か食べたいな」

亮がそう言ったのは、母が喜ぶと分っているからだ。実際、しのぶは嬉しそうに、

「じゃ、何かすぐ作るわ。待っててね」

と、台所へ入って行った。

亮がぼんやり立っていると、電話が鳴った。亮がすぐに取って、

「もしもし」

「やあ、亮君」

「——どうも」

亮は、台所の母が聞いていないか気にしながら、「妹が今日帰って来ました」

「そうか。話してないね、まだ？」

「ええ、まだ……」

「分ってる。俺が分りやすく話してやるよ。——ちゃんと分ってるだろうね。俺の言うことを呑まなきゃ、君は刑務所行きだ」

「分ってるよ」

「ま、ご両親と妹が、君を刑務所へ入れたがらないのを祈るんだね」

と、男は笑って、「じゃ、明日にでもうかがうよ」

亮が何も言わない内に、電話は切れた。

亮は、そっと受話器を戻す。

あすか。——ごめんな。

亮にとって、選ぶ余地はなかった。

「さあ、亮、食べて」

しのぶに言われて、亮はダイニングへと足を運んだ……。

24　眠れるあすか

「もしもし、あすか？」

PHSに出て、佳美は言った。「――もしもし？」

「佳美！　ただいま」

あすかの声が元気良く飛び出してくる。

「お疲れさま。色々大変だったね」

佳美は自分の部屋で引っくり返っていた。「今日、終業式だったから、成績表、もらっといた」

「あ、そんなのがあった！　ね、どうだった？」

「あすかのなんて覗（のぞ）いてないよ。明日家にいる？　届けるよ」

「分んないな……。今日も外なの」

「そういえば音楽が聞こえてるね。どこにいるの？」

「ホテルよ。――本格的フランス料理でさ、肩こっちゃった！」

あすかの舌が少しもつれている。

「あすか、大丈夫？　しゃべり方が変よ」

「え？　ああ――ちょっとワイン飲んだの。おいしいよ」

「二日酔になるとひどいんだよ、ワインは」

と、佳美は笑って、「疲れてるからって、早めに帰してもらいなよ」

「そうもいかないの。大崎先生とかって、国会議員の先生とお食事で。今、トイレに立って来てかけてるの」

「議員？」

「Kプロの角倉社長の奥さんの父親なんだって。ま、いい人だし、やさしいよ。でも、やっぱり息が詰る」

「ご苦労さん」

「もう戻んなきゃ。――じゃあね、佳美。また連絡するからね」

「あ、待って、あすか！――もしもし？」

切れてしまった。

佳美は、ベッドから起き上って、ため息をついた。

まさか、その大崎という議員があすかを狙(ねら)っているなどとは思いもしない。

むしろ佳美の心配は、あすかの兄、亮のことである。――あのマンションから消えた女の死体。

あの事件はどうなってしまったのだろう？

亮に会いに行っても、母親が誤解している今は、むだなことだろうし……。

それに、佳美にしてみれば、

「変なことに係り合いたくない」

という気持もある。

「――お姉ちゃん」

可愛がドアを叩く。「起きてる？」

「起きてるよ」

可愛が入って来て、

「寝てるじゃない」

「横になってるだけ。何なの？」

「電話。『彼』から」

と、コードレスの受話器を差し出す。

「私が取って良かったでしょ」

「別にやましいことはないもん」

と、受け取り、「もしもし、高林君？」

「あ……。ごめん、川畑亮だけど」

「あ——。こら！」

と、可愛をにらむ。

可愛はペロッと舌を出して、出て行った。

「ごめんね、他の人の電話を待ってたのかい？」

亮の口調は落ちついていた。

「いえ、いいんです」

「ええ」

「高林君って……チカのマンションで会った人？」

「いい人だったね。僕はよく分るんだ。相手が僕を攻撃してくるかどうか」

「攻撃？」

「うん。僕をいらない人間と思ってるかどうか、ってことかな」

「亮さん。あの後、どうしたんですか？」

「分らないんだ。君らと会って……。それきり、記憶がない」

「あの女の人——消えちゃったんですよ」

「うん。知ってる」

「戻ったんですか、マンションに？」

「いいや。連絡して来たよ。チカを知ってるって男が」

「その人、何て?」

「チカは僕が殺したんだと言ってる。でも、僕はよく憶えてないんだ。——混乱してよく分らない」

「亮さん、落ちついて。——その男って、どう言ったんですか?」

「チカを運び出したのはそいつらしいよ。でも、チカが本当に僕を愛してたから、僕を警察へ引き渡したくないんだって」

「それじゃ、どうしろって?」

「うん……。あすかのことを言ってた」

「あすかのこと?」

「僕が殺人罪で捕まれば、あすかももう歌手として終りだって……。だから、チカの死は伏せておいて忘れるから、その代り——」

「——その代り?」

「あすかにすまなくてね。せっかくデビューして、何もかも順調だったのに……」

亮は涙ぐんでいる。

「亮さん!　その男はあすかのことで、どうしろと言ったんですか?」

「あすかの契約を——やり直せって」

「契約?」

「あの中津って男の事務所と契約してるだろ？　それを、Ｂプロと契約してほしいって言うんだ」

「Ｂプロですって？」

佳美は驚いて言った。「その男、何ていう名前でしたか？」

「さあ……」

「いいわ。それで、亮さん、どう答えたんですか？」

「言われる通りにするしかないと思った。で、承知したんだけど……」

「でも、あすかを今、Ｂプロへ移すなんて、無茶だわ」

「僕もね、帰ってからよく考えたんだ。――兄の僕のために、あすかがそんなことで苦労するなんて、許せない」

「それで？」

「その男に会ってくる」

「会って、どうするんです？」

「うん、自分でしたことの決着はつけないとね。佳美君、あすかの友だちでいてやってくれよ、ずっと」

「亮さん――」

「じゃあ、さよなら」

「待って、もしもし！」

——もう、妹も兄も、肝心のことを話さない内に！

それにしても……。

あすかの引き抜き。——それがチカという女の目的だった。

「——分って来たぞ」

と、佳美は呟くと、腕組みをして、考え込んだ……。


中津は、広いベッドの上に、あすかを下ろすと、額の汗を拭った。

「——ご苦労さん」

大崎がゆっくりと入ってくる。

Ｆホテルのスイートルーム。ベッドルームには特大のキングサイズのベッドが置かれている。

あすかは眠り込んでいた。

ワインを三杯も飲んで、食後にカルバドスを飲んだのだ。酔ってほとんど歩けない状態でレストランを出て、中津がおぶってやると、アッという間に眠ってしまった。

「では、先生……」

「うむ。心配するな。大事な商品だろう。ていねいに扱うよ」

「どうかよろしく」

と、中津は頭を下げた。「当人は何も知りませんので……。失礼なことがあるかもしれません」

「いいとも。それも可愛い。――任せてくれ。後の面倒はちゃんと見る」

「よろしくお願いします」

と、くり返し頭を下げ、「では、私はこれで」

「うん。ありがとう」

「明朝、迎えに来たいのですが」

「私は朝十時から閣議がある。九時にここを出るから、君、その後でここへこの子を連れに来なさい」

「かしこまりました」

中津は一礼して、出て行く。

ドアの閉る音を聞いて、大崎はホッと息をつくと、ベッドにゆったりと手足を伸ばして眠っているあすかをまじまじと見下ろし、

「やっと二人になれた」

と、微笑んで言った。「夜は長い。――ゆっくり楽しもう」

ベッドに腰をおろすと、あすかの足にそっと触れていく。あすかが、くすぐったそ

うに身をよじって、深く寝息をたてた。

「――よし。それじゃ、待ってろよ」

大崎は上着を脱ぎ、ネクタイを外した。

――バスルームへ入る。

呆れるほど広いバスルームで、大理石のバスタブに金の蛇口が光っている。

大崎はお湯をバスタブへ入れながら、ゆっくりと服を脱いだ。


「――まあ、そうですか」

しのぶは電話に出て、話を聞くと、

「――ええ、もちろん構いませんわ。私どもで迎えに参っても――。そうですか?

――じゃ、よろしくお願いいたします」

しのぶが電話を切る。

「――どうしたんだ?」

川畑はTVのプロ野球のニュースを見ながら訊いた。

「中津さんよ。あすかがね、ワインを飲んで眠っちゃったんですって。お部屋を取って下さって、今、寝かして来たから、心配しないで下さいって」

「そうか」

——心配しないで、か。

その「部屋」に、あすかは一人でいるわけじゃないのだ。

川畑は一心にＴＶの画面を見つめていた。

あすか。——すまない。

俺にはもう、どうしてやることもできない……。

「私、先にお風呂へ入るわ」

と、しのぶは欠伸(あくび)をした。

「ああ……」

川畑は、何も考えないようにした。

あすかのことも、仕事のことも、すべてを頭からしめ出そうとした。

しかし、ＴＶのニュースの中身は一向に頭へ入って来ない。

川畑は、まるでＴＶに恨みでもあるかのように、リモコンで、やたらにチャンネルを変えまくった……。

25　助けて……

「ごめんね、何回も呼び出して」

と、佳美は言ったが、なに、そう「申しわけない」と思っているわけじゃなかった。

これはいわば習慣のようなもので、こう言えば高林が、

「いや、ちっとも」

と言ってくれると分っているのである。

現に今も――。

「ちっとも」

ほらね。

高林は、大分古ぼけたビルを見上げて、

「部屋にいても、クーラー、ないからな。暑くてしょうがないんだ。こうして外に出てる方がまだ楽だよ」

と言った。

もう梅雨（つゆ）は明けて、夜も蒸し暑い。

「でも、君は大丈夫なのかい？　こんな夜遅くに出かけて来て」

「私、親に信用があるの」

と、佳美は自慢げに言った。「――正確に言うと、親が諦めてる、ってとこかな」

高林はちょっと笑って、

「――君は友情を大切にするね。そういう所が好きだ」

佳美は少しあわてて、

「急に何よ。――『好きだ』なんて言ったことないじゃない」

と、赤くなっている。

「言ってもいいだろ。何しろ色々冒険してるしね。一緒に」

それはそうだ。本来、何の係りもない高林を、厄介な出来事に引張り込んでいる自分のことを考えれば、少しは高林にやさしくするべきかもしれない。

「ありがたいと思ってるのよ」

と、佳美は言った。「どうしたら、分ってくれる？」

「ちゃんと分ってるさ」

と言われて、何だ、と少しがっかり。

せめて「キスしてくれ」ぐらい言ってほしいのに。――ま、こんな蒸し暑い夜に、Bプロの入っているビルを見張りながらじゃ、およそロマンチックとは言えない。

「確かに、Bプロの市川ってのが、ここにいるんだね」

「前に声かけて来たとき、名刺もらっといた。そこに携帯電話の番号があったから、かけてみたの。もちろん事件のことは隠して、何となくかけた、ってふりをしたの」

まだBプロのオフィスにいるというので、急いで高林を呼んで、こうしてやって来たのだ。

「しかし、市川ってのもひどい奴だな」

と、高林は言った。

「ねえ、あすかのお兄さんの具合悪いのを知ってて利用するなんて！」

「あの亮さんって人、どこで会うつもりなんだろう」

「さあ。でも、会えばただじゃすまないと思うの。とんでもないことが起こらない内に、防がなきゃ。あすかが辛い思いをすることになるでしょ」

「うん。しかし、一人死んでるんだからな、あのチカって子が」

「あの死体を運び出したのは市川って人よ、きっと。チカって子を使って、亮さんを引っかけたんだわ。やることが汚ない！」

「あれは？」

と、高林が言った。

ビルからフラッと出て来たのは、確かに見憶えのある男。

「あれが市川だわ」

「後を尾けよう」

二人は、少し離れて、市川を尾行して行った。

市川は、オフィスに行く前にどこかで酒でも飲んでいたのか、酔っ払っている様子で、足どりもいささか怪しい。

「タクシーでも停めたらどうする?」

と、佳美は言った。

「うん……。映画じゃないから、そう都合良く空車が来ないだろうしね。それに深夜料金で高いし」

「そんなこと言ってる場合じゃ――」

「しっ!」

高林が佳美の腕をつかんだ。

足を止めると、市川が誰かとしゃべっているのが見えた。

暗い夜道で、街灯の明りも届かない。相手が誰なのか、見分けられなかった。

「――亮さんかしら?」

あまり近付くと、気付かれてしまう。佳美は迷った。

すると——突然高林が、

「助けてくれ！」

と大声を上げたので、佳美はびっくりして飛び上った。

「何よ！」

「助けて！　人殺し！」

高林は、さすがに体も大きいので、声も大きく、よく通った。

少し先にいた市川もびっくりした様子で振り返っている。

「お巡りさん！　人殺しだ！」

高林は、誰もいないのに、「早く早く！」

と叫び続けた。

市川のそばから、人影が離れて、暗がりの中へ消えた。

佳美が、ただ呆気に取られていると、市川がフラフラと戻って来て、

「おい……。どうかしたのか？」

と言った。

「え？　何ですか？」

と、高林が平然と言う。

「今、『人殺し』とか叫んでなかったかね？」

「ああ、僕ら、劇団の者で、今セリフの稽古をしてたんです」

「何だ、そうか。しかし、凄い迫力だったぞ」

と、市川は笑った。

「ありがとうございます」

「君、いい声してるね。歌手にならない？」

こんな所でも商売気を出している。

「僕は舞台に生きるんです」

「そうか。じゃ——。まあ、そうだね」

市川は、高林をジロジロ眺めて、「TVに出て、人気が出るってタイプじゃないな。それじゃ、まあ頑張って……」

市川は大欠伸しながら、ちょうど通りかかったタクシーを停め、それに乗って行ってしまった。

「——何よ、失礼な！」

と、佳美はカッカしている。

「薄暗いんで、君のことには気付かなかったらしいね」

「あなたも、突然あんな大声出すんだもの……心臓が止るかと思った」

「でも、もし今会っていたのが亮さんなら、市川を殺してたかもしれないだろ。それだけは何としても防がなきゃ」

「分るけど……。せめて叫ぶ前にひと言言っといてよ」

無茶を承知で、佳美は言ったのだった。


そのころ——佳美は全く知らなかったわけだが、あすかはFホテルのスイートルームでぐっすりと眠り込んでいた。

大崎広造は、いつになく長風呂で、大分のぼせてバスルームから出て来た。

いくら若い女が趣味といっても、この川畑あすかのような若い子を自分のものにする機会など、そうあるものではない。

「待っていろよ……」

バスローブをはおった大崎は、広いベッドに長々と手足を伸ばして眠り込んでいるあすかを眺めて、

「いや、可愛(かわい)い！」

と、改めてため息をついた。

さて、と……。

目を覚まして抵抗されると厄介だ。女の子とはいえ、相手は若い。

こっちはもう六十五。——殴られでもしたら、大変だ。

まず、眠っている内に、抵抗できないようにしてしまうことだ。気が付いたときはもう大崎に組み敷かれている。――そうなれば、ショックで動けなくなるだろう。

大崎は、ニヤニヤしながら、あすかの服を脱がせて――。脱がせて……。

重い！　着ているものを脱がせるにも、ぐっすり眠っているので、体重がもろにのっている。

大崎は、あすかのワンピースを脱がせるだけで、汗をかいてしまった。

「もっと脱がせやすいものを着せとけ！」

と、誰にともなく文句を言っている。

あすかの方は、全然起きる気配もない。

キャンペーンでクタクタにくたびれているところへ、慣れないワインなどを飲んでしまったのだ。

大地震が来ても目を覚まさなかったろう。

「やれやれ！　暑い！」

大崎は、ただでさえのぼせていたのに、ワンピース一つ脱がすのですっかり汗をかいてしまい、バスローブを脱いだ。

部屋はクーラーが効いていて、汗ばんだ肌にひやりと気持いい。

しかし――六十五歳の老人にとって、のぼせて、汗をかいて心臓がドキドキして……。そこへ冷房の空気がヒヤリと来て、一気に体が冷える……。

こんなに危いことはない。

「よし、後は簡単に——」

大崎が、あすかの上にのしかかるようにして、その頬へ指を触れようとしたときだった。

突然、胸が見えない手でわしづかみされたように痛んだ。

息を呑んで、声を上げようとした。しかし苦痛のあまり、声も出ない。

「助けて……助けて……くれ……」

やっと絞り出した声は、熟睡するあすかを起こすには、あまりに不充分だった。

大崎は、もがきながらベッドから転落した。

誰か……。誰か来い！

どうして誰もおらんのだ！　どうしてそばについてないんだ！

自分で、「今夜は何があっても邪魔するな」と言いつけてある。

大崎は必死でドアの方へ這って行った。

助けを……。医者だ！　医者を呼べ！

——しかし、スイートルームなので、寝室を出ても、まだ廊下へは出られない。

広いリビングルームのスペースは、今の大崎にとっては太平洋の広さがあった。

「誰か……」

と、ひと言、大崎はドアまで三メートルの所で、動けなくなった。

――ベッドでは、ワンピースを脱がされて体が楽になったあすかが、ますますぐっすりと眠りこけ、思い切り手足を伸ばしていた……。

26　隠しごと

中津はFホテルのロビーへ着いて、大崎の秘書、北川と出くわした。

「ああ、どうも……」

と、中津は会釈(えしゃく)して、「お迎えですか」

「八時半にお起こしすることになっています」

北川は相変らず淡々としている。「ゆうべは、問題なく？」

「そのはずですがね」

と、中津は肩をすくめて、「あすかと二人になった後のことは知りませんな」

「当人には何も言わなかったんですか？」

「言ったら、食事どころじゃないですよ」

「抵抗して暴れるようなことがあったら、先生におけがでも……」

「それくらいのことは我慢していただかないと。あの子を手に入れるんですから」

中津も、この北川という秘書はあまり好きになれない。言葉づかいなどていねいだが、実際は大崎の威光をかさにきて、高圧的である。

「時間だ」

北川は、館内用の電話へ歩み寄って、交換台を出すと、大崎の部屋を呼ばせた。

中津も、やはりあすかのことが気になる。北川のそばへ来て、立っていた。

呼出し音が続いたが、一向に出ない。

「――おかしいな」

と、北川が首をかしげる。「シャワーかな……」

受話器が上った。

「あ、北川ですが。――もしもし？――先生、北川です」

「はあ？」

と、調子の外れた声。

「君は……川畑あすか君か？」

「そうですけど……」

眠っていたらしい。

「大崎先生の秘書の北川だけど」

「はあ……」

「先生を出してくれ」

「――は？」

「大崎先生がいらっしゃるだろ」

と、苛々と言った。

「大崎先生って……ゆうべ会ったっけ」

「食事しただろう」

「ええ、でも……。ここ、どこ？」

やっと目が覚めたらしく、「凄いベッド！　私の家のベッドの三倍ある！」

「あのね、君は寝ててもいいんだ。先生を出して！」

北川が苛々している。「――もういい！　今そっちへ行く！」

中津が素早く受話器を受け取った。

「おい、あすか。中津だ」

「あ、おはようございます……。アーア」

大欠伸している。

どうもおかしい。――中津は、エレベーターへと急ぐ北川を見て、

「おい、あすか。ゆうべ大崎先生と一緒だったんじゃないのか」

「え？　食事はしたでしょ。中津さんも一緒に――」

「分ってる！　その後だ！」

「その……後？　私……ここへ来たのも憶えてないもん」

「じゃ……大崎先生はいないのか？」

「待って」

少し間があり、「ソファに、脱いだ背広とかズボンとかがかけてある……」

「大崎先生の？　それは変だな」

「どういうこと？」

「今、僕もそっちへ行く！」

中津は電話を切ると、エレベーターへ駆け出した。

待っていた北川と、結局同じエレベーターになって、

「どうもおかしいですよ」

と、エレベーターの中で言った。「服は脱いであるというのに」

北川の顔が少しこわばった。

——部屋のドアを叩くと、しばらくして、やっと開いて、

「中津さん！」

あすかが、青くなって立っている。

「どうした？」

「そこに……先生が……」

あすかは、床に裸で倒れている大崎を指さした。

「先生！」

北川が駆け寄る。

中津は、あすかの肩を抱いた。

「落ちつけ。――こんなことになるとは……」

「中津さん、どういうことなの？」

あすかは、やっとショックを受けた様子だった。

「待て。――北川さん。すぐホテルのフロントへ連絡しましょう」

中津が電話へ駆け寄ると、

「いけません！」

北川が鋭く叫んで、「知らせないで」

「しかし、先生の具合が――」

「もう亡くなっています」

と、北川は言った。

「――嘘」

あすかは呆然としている。

「畜生！　何てことだ！」

北川が声を震わせた。「こんな有様で……。中津さん！」

「はあ」

「先生に服を着せるのを手伝って下さい」

「服を?」

「裸で亡くなったなんて、公表できると思いますか」

「しかし、一応医者へ診せる方が先じゃないですか」

「むだです。亡くなっているのを、生き返らせるわけにはいかない。——急いで服を!」

中津は、奥の寝室へ入ると、大崎の服を抱えて来た。

「あすか。——君もワンピースを着てろ」

「うん……」

あすかは、寝室へ逃げるように入って行った。

「亡くなって何時間もたってる」

北川は汗で顔を光らせていた。

「心臓が?」

「いつ発作を起こすか分らないと……」

「それなのに……。あすかのような若い子に——」

「いいですか」

北川は、苦労して大崎に下着をつけさせ、ズボンをはかせた。「——ワイシャツを。ネクタイもしめなくては」

「やれやれ……。あすかはぐっすり眠ってたんだ」

二人がかりでも、大崎に上着まできちんと着せるのは大変だった。

「少しネクタイが変だが、仕方ない」二人は、汗だくになって立ち上った。

「中津さん。あの子を連れて、ここを出て下さい」

と、北川は言った。「ゆうべのことは一切口外しないように」

「あすかのことですか」

「アイドル歌手と泊って発作を起こした、なんて絶対に言えない。先生は、今朝の闇議のために準備があって、ここへ泊られた。そして運悪く、一人でいらっしゃるとき、発作に襲われたんだ。——いいですね」

中津は肩をすくめた。

「こっちも、あすかをスキャンダルに巻き込みたくない。じゃ、連れて帰ります」

「人目につかないように」

「はいはい。——あすか」

寝室へ入ると、あすかがベッドに腰をおろしている。

「大丈夫か？　行こう。じきにここは大騒ぎになる」

　あすかは、じっと中津を見上げて、

「中津さん、分ってたのね？　ゆうべ私を先生がここで……」

「——ああ」

　と、中津は目を伏せて、「先生が、君にぞっこんだった。君のためにも、プラスになると思ったんだ」

「六十五歳の議員に抱かせて、いくら儲かることになってたの？」

「あすか——」

「いくら払ってもらうことになってたの？　私の取り分は？」

「なあ、後で説明する。今はともかくここを出よう。ここにいたと書かれたら、それこそ大変だ」

　中津はあすかの腕を取ろうとした。あすかは激しい身ぶりで中津の手を振り払うと、

「自分で立てるわよ！」

　と、叫ぶように言った。

「あすか——」

「私は——自分が抱かれる男は、自分で選ぶわ！」

「落ちつけ。——な、外へ出てから、ゆっくり話そう」

「触らないで！」

あすかは、自分のバッグをつかむと、寝室を出た。

北川が電話をかけていた。

「――そうなんです。――ええ、お一人でした。私にも『ついていなくていい』とおっしゃって……。悔まれます」

あすかは、北川の方をじっとにらんでいたが、やがて、大崎の死体に目もくれず、スイートルームから駆け出して行った。

「――あすか！」

中津が、あすかを追って廊下に出た。

エレベーターがちょうど来ていて、あすかは駆け込むようにして乗った。

中津は、扉が閉って乗れず、

「畜生！」

と、舌打ちした。

――あすかはロビーへ着くと、真直ぐにフロントへ歩いて行った。

「川畑あすかといいます」

と、フロントの係の男へ、はっきり名のると、「スイートルームで、政治家の大崎先生が亡くなっています」

「は？」

と、相手が目を丸くする。

「私のこと、抱こうとして発作を起こしたんです。行ってあげて下さい。もう手遅れですけど」

あすかがさっさと正面玄関を出て行くと、数秒後、フロントは大騒ぎになったのだった……。

「——あすか」

佳美がリビングへ入って来た。

「ごめんね、朝から」

と、あすかは言った。

「何があったの？」

「私、売られるところだった」

「売られる？」

——佳美は、あすかの話に愕然（がくぜん）とした。

「今どき、そんな……。中津の野郎！ ぶん殴ってやる！」

佳美が真赤になって怒っていると、

「お姉ちゃん」

可愛が顔を出し、「私も一発、予約しとくね」

「でも、天はあすかの味方。その政治家先生が発作起こしたのなんて、天罰よ」

「でも……私、つくづくいやになっちゃった」

と、あすかは肩を落とした。

「元気出して！　ファンは、ちゃんと分ってくれるよ」

佳美が励ますと、あすかは佳美に抱きついて来て、泣いた。

佳美は、あすかの泣くのに任せていた。そして、妹の方へちょっと肯（うなず）いて見せると、可愛も察して静かに姿を消したのだった……。

27　隠れ家

車を降りたとたん、どこに隠れていたのか、TV局のリポーターとカメラマンがドッと押し寄せて来て、中津を取り囲んだ。

「何だ！　どいてくれ！」

と、中津は必死で押しのけようとする。

「中津さん！　あすかちゃんが、政治家の大崎広造先生の亡くなったとき、一緒だったというのは事実ですか！」

と、甲高い女性リポーターの声が飛ぶ。

「とんでもない！　でたらめです！」

と、中津は言い返した。

「でも、大崎先生の亡くなったホテルの従業員で、確かにあすかちゃんを見たという証言が——」

「間違いだ！　通してくれ」

と、強引に押しのけて、事務所のビルへ入ろうとする。

「じゃ、あすかちゃんはどこにいるんですか！」

「キャンペーンで疲れて体調を崩したので、今、休養中です！　これでいいでしょう」

「どこにいるんですか！」

「言えません！――これで！」

中津は、ビルから出て来た若い社員たちにリポーターを遮ってもらって、何とか逃げ出した。

「――やれやれ」

オフィスへ入るとドッと汗が出る。

真夏とはいえ、この汗は半分冷汗である。

「どうした」

という声でびっくりして足を止める。

「角倉さん！」

ソファに、角倉が座っていたのである。

「正面に車で乗りつけるからだ。俺は手前で車を降りて、上着を脱いで腕にかけて歩いて来た。誰も気付かなかったよ」

「すっかり汗をかきましたよ」

と、中津は上着を脱ぎ、「おい、冷たいものをくれ！」

と怒鳴った。

「まだしばらくは覚悟せんとな」

「奥さんの方はどうです？　父親があんなことになって――」

「女房はおとなしいよ。表向きは、あくまで一人で死んだ、で通すしかない。もちろん、事実は承知してるが、口に出せば恥をかくだけだからな」

「ご葬儀は――」

「党としてやってくれる。ま、少し先になるだろう」

――大崎広造がホテルのスイートルームで心臓発作を起こし、死んだことは、もちろんニュースになった。

秘書の北川が急いでホテル側に口止めしたのだが、ボーイや客の何人かがあすかを見かけていて、大崎の娘がKプロ社長の妻だということも業界では知らない者はない。

TV局が真相をかぎつけたのは当然だった。

中津と角倉は、時間がたって、ワイドショーの関心が他へ向いてくれるのを、ひたすら待ちわびるしかない。

「――あすかはどこにいるんだ？」

と、角倉は訊いた。

「伊豆に、友人の別荘がありまして。ずっと海外へ行ってて留守なんで、時々借りるんです。芸能界と縁のない奴なので、見つかる心配はありません」

「一人か？」

「友人と一緒です。例の、デュエットで歌ってた子ですよ。あすかが一番信頼してる子で」

「そうか……」

中津はひと安心しているつもりだった。

大丈夫。人気さえ出れば、こんな事件はやがて忘れられる。

問題は、どの時点であすかを再びマスコミの前に出すかだ。

「あの子はショックだろうな」

と、角倉は言った。

「その内、忘れますよ。眠る間もないほど忙しくしてる内に、その忙しさが人気の証しになるような気がして来て、その内、忙しくないと物足りない、と不安になってくる」

「だが……考えてみれば、自分の父親どころか、祖父くらいの男とベッドへ入ってたんだから」

「だが何もなかったんです」

「本当にそうか」

「ええ、いざってときになって、先生の心臓がもたなくなったんです。あのときのあすかの様子から見ても、何もなかった。確かですよ」

「そうか」

角倉は肯いて、「いずれにしても後味が良くないな」

「すんだことを考えてる暇はありません。これからどうするか、です。マスコミの前に出れば、当然あの事件のことを訊かれる。それにどう答えるか、ですね。うまく受け流すというわけにはいかないし」

中津は、先のことだけ考えている。角倉はその割り切り方に感心した。——同時に、自分のような性格の人間は、こういう仕事に向いていないのだろうか、と思ってみたりもしたのだった……。


「あすか！」

と、佳美は思わず声をかけていた。

「もうやめなさいよ！」

しかし、そう言い終る前に、あすかの体は水しぶきを上げて、真夏の太陽がきらめくプールの中へと突っ込んでいたのだ。

「あすか……」

佳美は、プールサイドへ歩いて行った。

「お姉ちゃん、もう上る?」

と、妹の可愛がプールサイドへ出て来て、「あすかさん、まだ泳いでいるの?」

「うん……。もう上るように言うから。あんた、ピザ、もう注文していいよ」

「分った!」

可愛が家の中へ入って行く。

水着姿で、バスタオルを肩にかけた佳美は、プールを必死に泳いでいくあすかを見ながら、プールサイドを並んで歩いていた。

「――あすか!　もう上って!」

と、折り返そうとするあすかに、声をかける。

あすかは荒く息をしながら、

「苦しい!」

「当り前よ、そんなに泳いで。――さあ、上って少し横になりな。日かげでね。日に当ってるだけでも疲れる」

「大丈夫よ」

と、プールから出て、あすかは佳美の手からタオルを受け取ると、「少しぐらい無茶したって。あのじいさんとは違うんだから」

「分るけど……。ね、今、可愛がピザ頼んでるから、それが来たらお昼にしよう」

「うん」

二人は、日かげに並べたデッキチェアに並んで寝そべった。

「——自分の体に腹が立つの」

と、あすかは言った。「あのじいさんがいじくり回したのかと思うと、プールの中でうんと汗かかないと、あの手の汚れが落ちないようで……」

「気持は分るけど……。いつまでもこだわってたら、自分の体に悪いよ」

「でも、私、自分であのとき服を脱いだ記憶ないから、やっぱりあの人が脱がしたんだと思うの。——それ以上は何もされてないと思うけど、でも腹が立つ！　許せないの！」

「分ってる。私だって怒ってるよ」

あすかの胸が激しく上下していたが、やがておさまって来て、

「——佳美にも悪かったね。夏休みを潰させちゃって」

「私はいいよ。妹だって喜んでる。こんなプール付きの別荘で遊んでられるんだもの」

「本当なら、地中海辺りにでも行かせてほしいわ。伊豆じゃなくってね」

二人は一緒に笑った。

「――中津も、あすかに私をつけて来させたのは当りだね」

「そういう点、抜け目ないの。変な人だよね」

と、あすかは首を振って、「要は商売にプラスになれば、親の敵とでも仲良くするのね」

あすかは、ちょっとまぶしげに目を細めて、

「佳美とデュエットで歌ってたころの方が、良かったな」

と言った。

「――そう？　でも、自分の歌を、何十万人の人が聞いてくれてるのよ。それって、やっぱり〈ゴールド・マイク〉のコンクールに応募してたときには味わえなかったでしょ」

「うん……。それはそうだけど」

「今はファンのことを考えて。私と可愛も含めてだよ」

と、佳美は言った。

あすかは深々と息をついて、

「でも――お父さんは仕事辞めちゃってるし、私が歌手やってくしかないんだよね」

「そんな風に考えちゃだめよ。お父さんはまだ若いんだし、もし必要なら、他の仕事

だって見付けられる。それは気にしちゃいけないって」

「うん……。ありがとう」

あすかは笑顔をこしらえて、佳美の方を見た。

佳美にも、あすかの気持はよく分る。もし自分があすかの立場なら、やはり同じように考えるだろう。

でも——あすかは知らされていないのだが、本当はもっと心配なことがあるのだ。

あすかの兄、亮が姿を消してしまっていたのである。

あすかの契約のことで、Bプロの市川からおどされていた亮が、思い詰めた様子で電話して来て、佳美は気が気じゃなかった。

しかし、それきり亮は家にも帰っていないのである。

あすかに言えば心配するだけだというので、両親の意向もあって佳美は黙っていた。

でも、いつまでも言わずにいていいのだろうか？

「——お姉ちゃん、電話」

と、可愛が顔を出す。

「はい」

急いで家の中へ入ると、「——誰から？」

「女の人だよ」

「女の人?」

この別荘の電話番号を知っているのは、限られた人間だけだ。佳美も、高林にだけ教えて来たのだが——。

「——はい」

と、出てみると、

「前田佳美さん?」

「——そうですけど」

「私、出川悠子といいます。あすかさんのマネージャーで」

はきはきしたしゃべり方。

「ああ……。あの、おけがなさったんじゃないですか?」

「ええ。でも、あすかさんがあんなことになってるのに、寝てなんかいられません。

あすかさん、大丈夫ですか?」

「大丈夫っていうか……。まだショックは——」

「もちろんです。でも、寝込んでるというわけじゃないんですね」

「ええ」

「良かった! それじゃすぐ支度して、そこを出て下さい」

佳美は言葉を失ってしまった。

28　可愛の名演

坂道を、TV局のワゴン車が上って来る。

別荘の手前で車が停ると、中からは、ワイドショーのリポーター、カメラマンなどが次々に降りて来た。

「――ここで間違いないの？」

と、女性リポーターがスタッフに訊いている。

「ここですよ、確かに」

「じゃ、気付かれないように近付いて、不意をつく。いいわね？　あわててる顔がとれたら大成功」

ゾロゾロとスタッフが別荘の玄関へと近付いた。

「カメラ、いい？　回して」

「OKです」

リポーターの女性はマイクを手にして、別荘の玄関を背に立つと、カメラに向って言った。

「大崎代議士の死に、川畑あすかちゃんが何かの形で係っているのではないかという噂の中、あすかちゃんは行方をくらましていました。ところが、局へ寄せられた情報によると、あすかちゃんは、知人の持っている伊豆の別荘に身を隠している、ということなんです」

と、深刻めいた口調で言って、「では、早速、あすかちゃんがいるかどうか、直撃してみましょう！」

玄関のチャイムを二回鳴らすと、少しして、

「はあい」

と、インタホンに少女の声。「どなたですか？」

「すみません。Nテレビですけど、川畑あすかちゃんはこちらにいらっしゃいますか？」

「あ、あすかちゃんですか、いますよ」

「あの――ちょっとでいいんですけど、インタビューに答えていただけませんか」

「待って下さいね」

リポーターは興奮した様子で、

「あすかちゃんは、やはりここにいたんです！　意外にスンナリと取材に応じてくれそうな……」

ドアが開いて、

「あの——ご用は？」

と出て来たのは、どう見ても中学生くらいの女の子。

「川畑あすかちゃんは？」

「私ですけど」

「え？」

「ああ！　あの歌手のあすかちゃんと間違えたんですね！　よく電話とかかかってくるんです」

「じゃ——同姓同名の方？」

「ええ。もちろん、あすかちゃんのこと、応援してますけど、私がインタビューに応じても仕方ないですよね」

「——失礼しました」

リポーターは真赤な顔で詫びると、

「——どうなってんのよ！」

と、スタッフへ怒鳴った。

「あーあ、こんな遠くまで来て……」

「一日、潰しちゃったぜ」

TV局のスタッフがブツブツ言いながらワゴン車へと戻って行く。

「ちゃんと確認取ってよね！」

と、リポーターは怒りがおさまらない様子。

「近藤ミチからの情報なんで、間違いないと思ったんだけど……」

「角倉を恨んでる人でしょ？　分るけど、こんなことされちゃ、たまんないわね」

「代りに番組へ出せって……」

「要するに売り込みたくて、でたらめを教えたのよ。ふざけてる！」

ワゴン車は苦労して狭い道でUターンすると、坂道を下って行った。

――佳美とあすかは、別荘を見下ろす位置の木立ちの中から出てくると、

「可愛の奴、なかなかやる」

「助かったわ」

あすかは微笑んで、「近藤ミチって、角倉社長の元の彼女ね」

「叩き出されちゃったっていうんでしょ。ま、気の毒だけど、実力がありゃ、仕事はちゃんとやれるわよね。こんなことして、仕返しするつもりだったら、情ないわね」

「私もそう言われないようにしないと」

と、あすかは言って笑った。

可愛が玄関から出て来て、

「どうだった?」

「演技賞もの」

と、佳美は言った。「——さ、他の局もここへ来るかもしれないわ。支度して、出ましょ」

「出川さんが迎えに来るって？　凄い人だな」

と、あすかは首を振って言った……。

「——あら」

と、声がした。

TV局の廊下を急ぎ足で歩いていた中津は、振り向いて、

「ああ……。ミチさんか」

近藤ミチが、局のロビーのソファに座っていたのである。

「どうも。——角倉さんは元気？」

と、ミチはタバコをくゆらせながら言った。

「まあね。——仕事ですか」

「ええ。大変ね、あすかちゃん。もう立ち直った？」

ミチの目には、何か言いたげな色があった。中津は向いのソファに腰をおろすと、

「大分落ちつきましたよ」

と言った。

「そう、良かったわね」

少し間が空く。

「——何か言いたいことでも？」

と、中津は訊いた。「角倉さんへは、色々言いたいこともあるでしょうが……」

「あら、そんなこと、いつまでも根に持ちゃしないわよ」

「そうですか」

「でも、大損したり、当てが外れてがっかりしているのを見たら笑ってやりたい。それくらいかな」

「怖いですね」

と、中津が苦笑した。

「今ね、ワイドショーの人たちが伊豆へ向ってるの」

中津の顔色が変った。

「——ミチさん、それは……」

「忘れた？　角倉に頼まれて、私を二、三日あそこへ隠してくれたことがあったでしょう？」

中津は青ざめた。

「いつ、しゃべったんです！」

「もう遅いわ。とっくに向うへ着いてるころ。私ね、その見返りに出演させてもらうことになってるのよ」

と、ミチは笑った。

「いいですか——」

と、中津が言いかけたとき、局のプロデューサーが大股（おおまた）にやって来た。

「どう？　あすかちゃんは撮れた？」

と、ミチが訊くと、

「ふざけるのもいい加減にしてくれ！」

と、プロデューサーが渋い顔で言った。

「出張した経費を払ってほしいくらいだけど、どうせ金なんかないんだろ。二度と連絡して来るなよ！」

ミチが青ざめる番だった。

「待ってよ！——何なのよ！」

「忙しいんだ！　あんたの相手をしてる暇はない！」

プロデューサーは行ってしまった。

ミチは立ったまま見送っていたが、やがて体中の力が抜けたように、ストン、と座り込んだ。

「計画通りにはいかなかったようだね」

中津はニヤリと笑って、「じゃ、僕も用があるので、これで」

と、立ち上った。

「――中津さん」

と、ミチは言った。

「何です?」

「私を……あなたの事務所で使ってよ」

「冗談言わないで！　角倉さんが許すわけないでしょう」

「でも――あの人も、奥さんが怖いから私を追い出したのよ。今なら、奥さんだって何も言えないでしょ。父親があんな死に方して……」

ミチは中津の手を握りしめて、「お願い！　新人のつもりで何でもするわ！」

「ミチさん……」

「助けてよ……。困ってるの。宝石とか靴とか……。払ってない分が何百万もあるんだもの」

「いいですか、僕はあすかのことで手一杯で――」

「あすかちゃんの売り出しにも、役に立てることならやるわ。お願い」

ミチの目は、中津の心をふと捉えた。

「分りました。しかしね、ここで返事はできないな」

「待ってるわ！」

「じゃあ……夜になりますよ」

「何時でもいいわ」

「それじゃ、九時に〈R〉で。分りますね？」

「パブね。知ってるわ。――ありがとう！」

「何も約束できませんよ」

中津は念を押して、足早に立ち去った。


「もしもし、出川です」

TV局の会議室にいた中津の携帯へ、出川悠子がかけて来た。

「君、入院してるんだろ？」

「何をおっしゃってるんですか」

と、呆れたように、「あの別荘にいると伺って、あわててあすかさんを逃がしたんです」

「君が？」

「近藤ミチさんを一度あそこへ隠したのを忘れたんですか？　ＴＶ局へ洩れて、危機一髪でした」

「そうか……。ありがとう！　今、どこにいる？」

「何だって？」

「言いません」

「私がそばにいます。必要なら私へ連絡して下さい」

出川悠子はそう言って切ってしまった。

――中津は汗を拭いて、

「参った」

と、呟いたのだった……。

29 甘え

「何も聞いてませんよ」

と、その男性はチラチラと腕時計を見て、迷惑であることを隠そうともしなかった。

けれども、川畑しのぶとしては、そう簡単に、

「ああ、そうですか」

と引き下がるわけにいかないのだ。

「ご迷惑なのは分ってるわ」

と、しのぶは言った。「でも、あなたは亮と本当に仲良くしてくれてたし……」

「そんなの、中学生ごろの話ですよ」

背広にネクタイという格好が、すっかり身についているその男は、しのぶが昔、家に遊びに来る度にお昼ご飯を食べさせてやった少年とは違っていた。

「僕、仕事があるんで」

「ああ、分ってるわ。ごめんなさい。でもね、亮は一人でやっていけるような状態じゃないの。きっと誰かの所へ頼っていくと思うわ。そうなれば、あなたの所へ――」

「会社へ来られたり、電話されたりしちゃ困るんですよ！」

と、相手は強い口調で言った。

ロビーの喫茶室の中が一瞬静かになる。

「すみません。——つい大声出しちゃって」

「いいえ。本当に申しわけないとは思ってるけど……」

「もう行かないと。——まだ新人なんです。仕事中の来客っていうだけでも、上司に知れるとまずいんです」

早口に言って立ち上り、伝票をつかむと、「——もし、何か連絡して来たら、知らせますよ」

いささか気が咎めるのか、付け足すようにそう言って、レジへと向う。

「あの——待って」

しのぶがあわてて立ち上り、「私が払うから……」

「いいんです」

「いけないわ。そんな——」

「いいんですよ！」

と、しのぶをにらみ、「早く帰って下さい！」

しのぶの顔から血の気がひいた。

「ええ……。失礼するわ。ごめんなさい……」

口の中で呟くように言って、しのぶは足早に喫茶室を出たが、大理石の床はツルツルに磨き上げられていて、足をとられたしのぶは思い切り尻もちをついてしまった。

突き抜けるような痛みが頭まで貫いて、しのぶはしばらく立ち上るどころか動くこともできなかった。

そのそばを、亮の「親友」は気付かないふりをして行ってしまう。

OLたちが何人か通って行ったが、一人も心配して声をかけるでもなく、却って横目でしのぶを見てクスクス笑っているのだった。

惨めな気分で、しのぶはともかく痛みがおさまるのを待った。

しかし、大勢人は通るし、ど真中に座り込んでいるしのぶに、「邪魔だ」とでも言いたげに舌打ちして通る者もいた。

人はこんなに冷たいものか。――しのぶは恥ずかしさと惨めさで、何とか立ち上って歩き出した。涙がにじんで来る。

痛いせいか、悲しいせいか、自分でもよく分らなかった。

――地下鉄の通路へ下りる階段で、しのぶは腰が痛んで危うく転ぶところだった。

壁によりかかって何とか体を支えると、何度か息をして、ゆっくりと階段を下り始めた。

「――大丈夫かい？」

と、声をかけられて振り向くと、背広姿の男だったが、ネクタイもせず、何となくサラリーマン風ではない。

「ちょっと転んで――腰が痛くて」

「ここの床は滑るんだ。ワックスかける奴がね、ピカピカにしときゃそれだけ雇主に『良くやってる』って思われるんで、必要以上にツルツルにしちまうのさ」

半ば髪は白くなって、五十代も後半だろうか。「さあ、つかまって」

と、手を貸してくれる。

「すみません……。どうも……」

支えてもらって、やっと階段を下り切ると、しのぶは息をついた。

「ありがとうございます」

「なあに。――でもホームへ下りるときも気を付けな。エスカレーターで転ぶと大けがするぜ」

「はい……。本当にどうも」

しのぶは、気が楽になった分、少し痛みも軽くなったようだった。

「ま、ゆっくり帰るんだね」

「ええ。あの――このビルにお勤めですか」

と、しのぶが訊くと、

「お勧め、とは言えないね」

と、男は笑った。「この地下の通路に『お住い』なのさ」

「──まあ」

男は、通路の隅の段ボールで囲った一角を見て、

「あれが我が家でね。──それじゃ」

「どうも……」

しのぶは、そのホームレスの男が、何となく疲れた足どりで立ち去るのを見送っていたが……。

エリートを目指している若者は、人が転んでいても、構っている暇がないらしい。

あのホームレスは、別に何の見返りも要求せずに、しのぶの身を心配してくれた。

なぜだか、少しホッとした気分で、しのぶは券売機の方へと歩いて行った。

──段ボールの「我が家」へと入って行った男は、

「何だ、寝てたのか」

と言った。「少し小さくなって寝ろよ。お前はでかいんだから」

「ごめんなさい……」

「いいんだ。手足を伸ばして、ゆっくり寝られないのが、俺たちなんだからな。──

腹、空いたか」

「少しね」

「そうでかくちゃ、たっぷり食わないともたねえな」

「千円しか持ってないけど……」

「タダで食べるんだ。千円は何かのときのために大事に取っときな。――デパートの試食コーナーを回って食べると、結構腹が一杯になる。その代り、いやがられるほど汚れてちゃ失礼だ。小ぎれいにしてな。ちょっと手と顔を洗って来い」

「うん……」

亮は大きな欠伸をした。


「ねえ、本当に大丈夫なの？」

と、ベッドから近藤ミチが甘ったるい声を出した。

「ああ。しかし――その他大勢なんだぞ。やるのか本当に？」

と、中津がネクタイをしめながら言う。

「やるわよ。言ったでしょ。一からやり直すの。きっとまた、スターになって見せるわ」

中津はホッとして、

「そうか。――分った。じゃ、明日の朝六時に、都庁前に集合だ。行けば後はスタッフが指示してくれる」

「六時ね。遅れずに行くわ」

と、ミチは言った。

「じゃ、僕は行くよ。人と待ち合せてるんだ」

「行ってらっしゃい」

中津は少し迷ったが、札入れから一万円札を数枚出して灰皿の下に置くと、

「明日、少し可愛(かわい)い感じのものを着てくと目立つ。何かこれで買えよ」

「ありがとう」

ミチはベッドから投げキッスをした。

中津はちょっと笑って、ホテルの部屋を出た。

一流のホテルを使っているのは、もし誰かに見られても「仕事の打ち合せ」と言い逃れできるからだ。

さて……。腕時計を見ると、十五分ほど約束の時間を過ぎている。

「まあ、いいさ」

エレベーターに乗り、中の鏡でちょっと髪の乱れを直す。

――危い、と分っていても、つい手が出てしまうことがある。

近藤ミチとこんな仲になること。——それは、角倉にももちろん内緒である。

しかもミチは、正式に中津の〈NK音楽事務所〉の所属にしてほしがっている。

そうなれば角倉にも当然知れる。角倉の妻がどう思うか……。

だが、ふしぎなのは、あんな目にあわされながら、ミチが至っておとなしく中津の言いつけを聞いていることだ。

以前のミチを知っている人間なら誰でも目を疑うだろう。

ミチは中津に抱かれながら、

「私、よく分ったの。——あんな人気、実力でつかんだわけじゃなかったのね。やっぱりまず歌や踊りの力をつけるわ。そしてやり直すの」

と言った。

どうやら本気らしい。——明日の仕事など、TVのバラエティ番組で、背景にチラッと映るだけのことで、それでも、ミチだと分れば、

「あんなことまでやって」

と言われるだろう。

だがミチはそれを承知で、「やるわ」と言ったのだ。

「あれで結構、骨のある奴なのかな」

と、中津は呟いた。

ロビーへ出て、ラウンジへ入ると、奥の席に不機嫌そうにしている川畑照夫の姿が見えた。中津は、「仕事用」の顔に切りかえると、

「――お待たせして」

と、素早く座り、「あすか君のことで、方々駆け回ってましてね」

「いや……まあ、大変でしょうがね」

と、川畑は口ごもる。

「おい、コーヒー！――ご心配なく。あすか君は元気にしています。どこにいるかは言えませんが、あなたも知らない方がいい。マスコミに食い下られてしらを切り通すのは大変です。それならいっそ知らない方が」

「分ります。ただ……家内が心配していて」

「そうでしょうね。分りました。あすか君から電話させましょう。でも、どこにいるかは訊かないで下さい」

「そう言っておきます」

と、川畑は肯いた。

もうサラリーマンでなくなった川畑は、ネクタイもしめず、スポーツシャツ姿だった。

「それで……」

と、中津は言った。「今日は何のご用で？」

「いや……あすかのことを訊きたかっただけですよ」

「本当ですか？」

川畑は、咳払いして、

「実は、車を買い替えたいんです」

「車ですか」

「あすかの家ということで、マスコミもやって来る。この騒ぎがおさまれば、あすかを車でどこかへ送るとか……」

「それはこっちの仕事です」

と、中津は言った。

「それはまあ、そうでしょうが……」

中津はちょっと笑って、

「分りますよ。あれだけ稼いだのに、暮しぶりが前のままでは、何かと言われる」

「そうそう。そうなんです」

と、川畑は飛びつくように、「やはり、あすかの親にふさわしい車を、と思って。あの子のイメージのためにも……」

「分ります。それじゃ、こうしましょう」

と、中津はコーヒーを飲みながら、

「今、僕の使っていないBMWがあります。買うまでそれを使っていて下さい。買うなら、ちゃんといいディーラーをご紹介しますから」

「しかし……」

「お気に召しませんか」

「いや、とんでもない！」

川畑はあわてて、「いいんですか？」

「ええ、もちろん。――じゃ、ご一緒に。この近くのマンションの駐車場に置いてあります」

中津は立ち上って、同時に伝票を手に取っていた。

30　三十周年

「出川さん。――どう？」

と、あすかが訊いた。

畳の部屋で寝ていた出川悠子は、目を開けて、

「もう……長いことないかもしれません」

と、力のない声で言った。

「そんな……。心細いわ、私」

と、あすかが近寄って、出川悠子の手を握り、「死なないで！」

と、すすり泣く――つもりが、ふき出してしまう。

「カット！」

と、新聞をメガホン風に丸めた可愛が怒鳴った。「感じが出てない！　もう一度！」

「やめてよ、もう！」

あすかが畳の上を笑い転げている。

「あすかさん」

と、悠子が起き上って、「笑いたいのをこらえるのも、タレント修業ですよ」

「はい……。でも、おかしいんだもの」

まだ笑いが止らない。

「――またやってるの？」

と、スーパーの袋を抱えて、佳美が帰って来た。

――爽やかな午後の風が、障子を開け放した日本間を吹き抜けていく。

ここはあすかのマネージャー、出川悠子の実家。山里の小さな村で、このだだっ広い家に、悠子の両親が二人で住んでいるのである。

「ここまでは、TV局もかぎつけて来ないわ」

と、悠子は浴衣姿ですっかり寛いでいる。

刺された傷がまだ完全に治っていない悠子としては、静養を兼ねているらしい。

それにしても、辛そうな様子を決して見せない悠子に、佳美は感心していた。

「でも、いいねえ、静かで」

と、あすかがショートパンツ姿で膝を抱え込み、「夜になると、こんなに静かな夜ってあるんだ、と思って……。それに星のきれいなことね」

「うん。あれ、感動もんだった」

と、可愛が肯く。

「空気が澄んでるから、よく見えるのよ」

悠子はそう言って、「――さあ、ゆっくりと夕ご飯の支度でもしようかな」

「私、手伝うわ」

と、佳美は言った。

「却って、手伝われた方が手間がかかるの」

「ひどいなあ」

「でも――一応けが人ですからね、私。重いものは運んでいただこうかしら」

「はい！」

と、佳美は元気よく言って、「あ、電話じゃない？」

悠子は、自分の携帯電話に出ると、

「はい。出川です。――はい、元気です、みんな。――はい。――はい」

悠子の、少しおっとりしていた声が、少しずつトーンを変える。次第に、「マネージャー」の顔になっていくのだ。

「――分りました。――大丈夫です。明日の正午に」

電話を切ると、悠子は、「佳美さん、申しわけありませんけど、S市へ出る列車の切符を買って来ていただけます？」

「ええ。――東京へ？」

「明日の夜、Nテレビの開局三十周年記念番組の中で、〈特別ゲスト〉として出ることになったんです」

あすかが、

「本当?」

と、目を丸くした。「でも、あれは一年以上前から……」

「角倉さんがNテレビと話をつけたんでしょう」

と、悠子は言った。「でも、Nテレビだって、あすかさんが欲しいからOKしたんです。——あすかさん、しっかりね」

可愛が手を打って、

「やったね!」

と言った。

みんなが笑って、少しいかめしい気分になっていたのが、ほぐれた。

「声、出るかな」

と、あすかは言った。「私、裏へ行って、発声練習してくる!」

あすかが駆け出して行くのを見送って、

「嬉しそうだな、あすか」

と、佳美は言った。

「当然ですよ。スターにとって、出る場所がなくなるのは、死ぬのと同じです」

悠子は穏やかに言った。「今夜中に東京へ出ましょう。明日、万一事故でもあると大変です」

「じゃ、すぐ駅へ行ってくる！」

佳美も駆け出して行く。

可愛が残って、

「私、どこに行くの？」

と呟いた。


「――そういうわけで」

と、中津は言った。「明日には、あすか君が戻ります」

「そうですか……」

しのぶは、居間のソファで少し体を楽にして座っていた。

「大したもんですよ。Nテレビの三十周年の〈特別ゲスト〉なんて、億と金を積んだって出られやしません」

中津は、他人の功績を、あたかも自分のもののように「匂わせる」天才である。

しのぶも、今はそういう現実が分りかけていた。

「中津さん。――色々ご恩があるのは分っています。でも……」

「大崎先生とのことは申しわけありません」

と、言われる前に謝ってしまう。「しかし、拒むわけにもいかず、もし前もってお話しすれば、反対されたでしょう」

「もちろんです。――天罰ですわ、あの人には」

「同感です。しかし、奥さんはともかく、ご主人は――」

と言いかけて、わざとらしく、「いや、それじゃこれで。明日の本番まで、あすか

君は我々が必ず見付からない所にかくまっておきます」

「中津さん。主人がどうしたって言うんです?」

「――では、また」

中津が立ち上る。「おっと、もう十時ですか。急がなくちゃ」

玄関へ出た中津を、しのぶは追って来て、

「主人が何だって言うんです!」

と、叫ぶように言った。

中津は黙ってしのぶを見ている。

「――主人は知ってたのね。あすかがあの大崎って政治家に抱かれに行くのを」

「もう、すんだことですよ」

中津は会釈して、「ご主人も、僕のBMWがお気に召したようで、良かった」

川畑は、車を乗り回して、どこまで遠出したのか分らない。

「亮君の行方は？」

と、中津が訊く。

心配していると見せかけて、その実、自分が「やってやった」ことをいちいち思い出させているのだ。

「まだ分りません」

「早く分るといいですね」

中津が出て行くと、しのぶはしばらく玄関の上り口に立っていたが、やがてそっと下りると、玄関をロックしようとした。

とたんにドアが開いて、

「ただいま！」

あすかが元気良く入って来て、びっくりしたしのぶは、また尻もちをつきそうになって後ずさり、上り口にドカッと座ってしまったのだった……。

「ミチを？」

角倉はグラスを持った手を止めて、

「ミチが、そんなことを？」

「あの子は、頑張ってます」

と、中津が言った。「自分が生意気だった。角倉さんに詫びたいと言って……」

「本気か？」

そして中津が、
クラブで飲んでいた二人は、とりあえず明日の「成功」に乾杯した。

「明日の手伝いに来たいと、ミチが言ってるんですが」

と言ったのである。

角倉は、しばし事情が呑み込めなかったが、中津の取り澄した顔を見る内、分って来た。

そうか。――ミチの奴、中津と……。

「いかがですか」

と、中津が言った。

「まあ……君がそう言うなら」

「良かった！　きっと大喜びしますよ」

中津は、立ち上ると、「ちょっと失礼します」

と、姿を消した。

大方、ミチに電話でもかけるのだろう。

角倉は、のんびりとグラスを傾けた。

Nテレビの記念番組へ出ることが決って、あすかのスキャンダルは事実上これで終るだろう。

そうなれば、後は一気に売り出す。人気が出てしまえば、誰もあすかのあら捜しなどしなくなる。

明日。――何としても、明日は出演させなくては。

人の気配に、

「早いな」

と振り向いた角倉は、「――ミチ」

ミチが角倉の隣に座って、

「一緒にいていい？」

と訊いた。

「――中津は？」

「帰ったわ」

角倉は、「自分の女」でも平然と角倉へ回してくる中津のことが怖い気がした。

「何か飲むか」

二人になれば、また「あのころ」が戻ってくる。

角倉の方へ、ミチは身を寄せた。——憶(おぼ)えのある香りが、角倉を包んだ……。

31　リハーサル

「Nテレビ、開局三十周年記念番組の会場、Kホールの前です！」

と、マイクを手に、一人ではしゃいでいるのは若い女性アナウンサー。「リハーサルのために、今、続々と人気歌手の皆さんが楽屋入りしています！」

カメラは、車から降りてくるスターを捉（とら）えている。無愛想にサングラスをかけたまま、サッサと行ってしまう者もいれば、カメラの方へ手を振る者もいる。

そして、ロープとガードマンで遮られて押し合っているファンの凄（すご）い数。

「豪華な顔ぶれのスターの皆さんを一目見ようと、大勢のファンの方々が詰めかけています！」

と、アナウンサーはいつも以上に甲高い声を上げている。「――あ、今車がまた停（と）まりました。今度は誰が降りて来るんでしょうね！」

すると――集まったファンのざわめきが一気に大きくなった。

「――あすかちゃんです！　川畑あすかちゃん！　あの事件以来、姿をくらましていた、川畑あすかちゃんが、今、楽屋口へと向います！」

アナウンサーの声は上ずっているが、もちろん、ちゃんと前もって分っているのである。

「ちょっと、ひと言――。あすかちゃん！」

と、マイクを手に駆け寄る。

あすかは、そばのマネージャー、出川悠子に合図をされて足を止めた。

カメラがぐっとあすかをアップにして、アナウンサーがにこやかに、

「あすかちゃん！　今日はご苦労さまです」

「どうも……」

と、あすかは少しこわばった声で言った。

「ええと――今日はNテレビの開局三十周年記念番組に出演されるわけですが――。ご感想は？」

マイクがあすかへ向く。

「はい、あの……。こんな大切な番組に出していただけて、とても光栄です」

もちろん、あらかじめ用意されたコメントだ。

それに、姿をくらます原因になった「事件」についても訊かない、という約束になっている。

「色々ご心配かけましたけど、今日は精一杯歌いますので、応援して下さい」

と、続ける。

「ありがとうございました！――川畑あすかちゃんでした！」

と、女性アナウンサーは予定通りに切り上げた。


「――あの子か」

と、「紳士」が言った。「知ってるかい？」

亮は、サンドイッチをパクついていたが、目は駅の待ち合せスペースに設置されている大きなディスプレイから離れなかった。

「ええ……」

「何とかあすか、とかっていうんだろ」

「川畑あすかです」

「そうそう。――何だ、ファンなのか？　ずいぶん熱心に見てるじゃないか」

と、「紳士」はからかうように笑った。

「まあ……そんなとこです」

妹です、なんて言っても、信じてもらえないだろう。

――亮は、少なくとも見たところは、まだごく普通の格好だった。一緒にいさせてくれているこの「紳士」――そういうあだ名で呼ばれている――が、身だしなみに気をつかう人なのである。

駅の売店で、期限切れのサンドイッチをもらって、こうしてベンチに座って食べている。

そこのTVにあすかが出たのだった。

あすか……。頑張れよ。

「――可哀そうにな」

と、「紳士」が言った。

「何がです?」

「あの、あすかとかって子さ。――どこかの政治家の相手までさせられたっていうんだろ? そんなにしてまでスターになりたいかな」

「でも……本人は歌が好きなんです。それだけなんですよ」

「かもしれん。それを利用してる大人の方が悪い。――だがね、そうやって人生を台なしにされても、文句を持っていく先はどこにもないんだ。しょせん、自分の人生は自分でその結果を引き受けるしかない」

と、「紳士」は言った。

「そうですね……」

亮は、じっとTVの画面を見つめていたが――。

「おい、どこへ行くんだ?」

「色々ありがとうございました」

と、亮は礼を言った。「僕、Kホールへ行きます」

「Kホール?――今、映ってる所か?」

「ええ、妹に会って来ます」

「妹って?」

「川畑あすかです」

亮は一礼して、「じゃ、お元気で」

「ああ……」

「紳士」はポカンとして、亮が人ごみの中へ消えていくのを見送った。そして、

「可哀そうに。いかれちまったかな」

と、首を振って呟いたのである……。

「――お疲れさまです」

ステージを降りて、あすかはすれ違うベテラン歌手に挨拶した。

「失礼ね。私が年齢だと思って！　そんなに疲れてないわよ！」

と言い返され、

「すみません……」

あすかは唖然として呟いた。

「放っとけばいいの」

と、出川悠子があすかの肩を叩いて、

「何かひと言、言わないと気のすまない人なのよ」

「今の歌、どうだった？」

「力が入り過ぎてるわ。もっとリラックスして」

「緊張するわ。ＴＶなんて久しぶりだもの」

「そう思ってね。ちゃんと呼んであるわ」

佳美が顔を出した。

「あすか！」

「佳美！　来てくれたんだ！」

あすかは、飛びはねるようにして喜んでいる。

「さ、今日は大勢出るから、楽屋で時間を潰すってわけにいかないのよ」

と、悠子が言った。「特にあなたは新人だから。――近くのホテルに部屋を取ってあるわ。楽屋入りまで少し休むといいわ」

「そこまで、どうやって行くの？」

「局の大きな衣裳ケースを借りてあるの。その中に隠れて。台車にのせて、ガラガラ押して行くから」

「私が押すわ。悠子さん、けがが悪くなりますよ」

と、佳美が言った。

舞台裏の通路に立っていると、大勢のスタッフが駆け回っていて、目が回りそうになる。

「はい、ちゃんと並んで！」

と、怒鳴っているのは演出助手。

その他大勢で、バックに出る子たちが、ガヤガヤとやって来る。

「――あの人、どこかで見たことある」

と、佳美は言った。

「え？」

「いえ、今通ってった……。一人、こっちをチラッと見た人がいて、何だか、一人だけ浮いてる感じだった」

「知り合い？」

「そうね……。どこで見たんだろ」

と、佳美は首をかしげた。

もちろん、近藤ミチなのだが、佳美にはとても思い出せなかった。

「──あすか、大丈夫か？」

と、中津がやって来る。

「ええ」

あすかは肯いたが、「──中津さん、兄を捜して下さい」

中津も一瞬詰った。

「もちろん──捜してるよ」

「母は、中津さんが何もしてくれないと言ってました」

「そうじゃない！　そうじゃないが……」

中津が口ごもっていると、水科雄二がやって来て、話は中断してしまった。

「──あすか」

佳美は不安になって、「亮さん、いないの？」

「行方くらましたきりですって。どうしちゃったのか、心配で」

あすかは表情をくもらせた。

佳美は佳美で、なぜ亮が姿をくらましているか、見当がつくだけに、心配も増す。

「でも、ともかく今は今夜の番組のことだけ考えて」

と、佳美は言った。「亮さんのことは、私も捜してみるから」

「ありがとう、佳美！」

と、あすかは親友の手を握った。

「――じゃ、行きましょう」

と、悠子が促して、「そうだわ、佳美さん、今は私が入れたけど、この後はこれを付けて出入りして」

悠子は、ポケットから〈STAFF〉と書かれたネームプレートを出して、佳美の胸にピンでとめた。

「これ、つけてないと入れてくれないわ。今日はともかく厳重に出入りをチェックしてるから」

「ありがとう。――スタッフか。ま、あすかの〈元気付け係〉ってことで」

「変なスタッフね」

と、あすかが笑った。

――一方、ステージでは、

「よく手順を憶えといて！　もし忘れてトチる奴がいたら、二度と仕事が行かないよ！」

と、助手がかすれた声を張り上げている。「じゃ、解散！　あとは一時間前に集合！」

近藤ミチは、袖に角倉が立っているのを目ざとく見付けていた。

「来てたの？」

「今日はあすかも出る。来ないわけにいかないさ」

と、角倉は言って、「――お前のことも気になったしな」

「やさしいのね」

と、ミチは角倉の頰っぺたへ素早くキスした。

「よせ。――口紅がつくだろ」

と、角倉はあわてて言った。「誰か気が付いたか」

「こっちをチラチラ見てる子はいたけど、分らなかったでしょ」

「そうか。――分ったら、却って辛いだろう」

「まだそんなこと言ってるの？　平気よ、何を言われようと。私、一からやり直すと決めたんだもの」

「そうか」

角倉は微笑んで、「よし、頑張れ！　俺もできるだけ応援する」

と、ミチの肩をつかんで言った。

32　復讐

男なんて、おめでたいもんだわ。

——ミチは、角倉が、

「来週、木曜日に大阪へ行く。一緒に行くか」

と言ってくれたのを、

「奥さんに知れたら大変よ。旅行はやめときましょう」

と辞退したのだった。

角倉は、そのミチの返事に却って感心したようで、

「じゃ、もし時間ができたら連絡するよ」

と言って、中津の待っているロビーの方へ急いで行ってしまった。

「——見てなさいよ」

と、ミチは呟いた。

あのときの屈辱。——いきなりマンションから裸で放り出され、仕事も住いも、すべてを奪われた。今思い出しても、身が震えるような怒り。

あんなひどい仕打ちをしておいて、ミチが、「何もかも忘れた」と言えば、すぐ信じてしまう。――男なんて、馬鹿だ。

角倉とも、ベッドを共にした。かつてはそういう仲だったのだ。元に戻ると、アッという間に角倉は、ミチを信用してしまった。

あと何時間かしたら――角倉と中津は自分たちの「甘さ」を悔んで、地団駄踏むことになる。

もし、このことが角倉の妻の耳にでも入っていたら、こうスンナリとは行かなかったろう。角倉洋子が、父親の死を巡るスキャンダルで、家にこもっていることが、ミチには幸いした。

スター。――人気。名声。

今のミチにとって、それらは「欲しいもの」ではあるが、「たった一つのこと」と引き換えに、すべてを捨てても惜しくなかった。

ミチは、スケジュール表を見て、〈川畑あすか〉の楽屋入りが、ミチの出番の少し前だということを確かめた。

「――近藤ミチさん？」

と、声がした。

振り向かずに行ってしまえば良かったのだが、つい、

「はい」

と言ってしまっていた。「――あら」

TVの芸能リポーターだった。悪い所で会ってしまった。

「やあ、大変だったね」

と、その男性リポーターは、ニヤニヤしながら、「カムバックの見通しは？」

「今夜の特番に出るわ」

「ええ？　本当かい？」

と、目を丸くしている。

「本当よ」

バックの一人とはいっても、出ることは間違いない。

「そりゃおめでとう」

「ありがと」

と、ミチは言って、ニッコリ笑うと、

「しっかり見といてね、私のこと」

「ああ、見せてもらうよ」

「それじゃ」

と、会釈して、ミチは立ち去った。

リポーターの男性は、首をかしげていたが、

「おかしいぞ」

と呟くと、スタッフルームを捜して、廊下を歩いて行った。

途中、顔見知りのディレクターに会ったので、早速、

「近藤ミチが今夜出るって本当か？」

と訊いた。

「近藤ミチ？——ああ、あれか。まさか！　出るわけないだろ」

「そうだよな！　しかし、今、その辺にいたぜ」

「へえ。何の用かな」

「ま、いいや。ありがとう」

と、リポーターは手を上げて見せ、一人になると、「あいつ……。ふざけやがって」

携帯電話を手に、廊下の隅へ。

「——もしもし。俺だ。——近藤ミチがここへ来てるんだが——」

建物の奥で、電波がよく届いていないようだ。「——もしもし？　聞こえるか？

——うん、そうだ。あの近藤ミチだよ。何しに来たのかな、こんな所へ。——ああ。

〈仕事を下さい！　近藤ミチ、必死の売り込み〉とか、どうだ。——そういや、さっきステージでリハーサルしてた、『その他大勢』と同じ格好してたな、ミチの奴」

時折入る雑音で話を邪魔されながら、リポーターは、

「——もしかすると、バックで歌ったり踊ったりする一人かもしれないな。いや、ただ派手に盛り上げるためのエキストラとか……。いずれにしても、かつての人気絶頂のころと比較してやるんだ。——なに、人の不幸くらい、面白いもんはないさ」

リポーターの背後にそっと近付く足音があったが、電話しているリポーターの耳には全く届かなかった。

「——うん、一人カメラマンをよこしてくれないか。近藤ミチの『カムバック』を撮ってやるんだ。面白いぞ」

と、リポーターは笑った。

ふと、手もとが暗くなって、リポーターは振り向いた。

スポッと布を頭からかぶせられ、

「おい！　何だよ——」

右手で布を払いのけようとしたが、低くひと声呻いて、手から携帯電話が落ちた。

布がグルグルと巻きつけられる。リポーターは、そのまま床へ倒れた。

「人の不幸は面白いって？——確かに面白いわね」

ミチはリポーターを見下ろして笑うと、「もう一生の分、しゃべったでしょ」

ミチは、布ですっかりくるまれたリポーターの体を引きずって、廊下の奥に積み上

げた段ボールのかげに押し込んだ。

「ここでおとなしくしてるのよ。——いやでもおとなしくなったでしょうけどね」

と、ミチは息をついて、「邪魔されちゃ困るのよ」

と言うと、廊下を見回した。

人が忙しく行き交っている。誰も、ミチのことなど、気にもとめない。

そう。——これでいいんだわ。

ミチは腕時計を見ると、のんびりと楽屋出口へと歩いて行った。

そのころ、リポーターの体をくるんだ布に、じわじわと赤く染みが広がり始めていた……。


「——何してる」

と、市川は顔見知りのリポーターを見付けて訊いた。「今日はNテレビの番組だろ」

「分ってますよ。でも、川畑あすかがゲストで出るんでね」

と、リポーターが忙しそうに、「それじゃ！　何とかして単独インタビューだ！」

と、スタッフを連れて駆けて行く。

「——畜生！」

市川は思わず呟いた。

Kホールの周囲は凄い人だかりだ。

もちろん、大勢のスターが出るのだから、この中に川畑あすかのファンがどれくらいいるのか分らない。

しかし、肝心なのは、そういうスターの中に、あすかが入ったということなのである。

市川は、社長に散々いやみを言われていた。――あのスキャンダルが起こったとき、市川は思わずニヤリとしたほどだ。

しかし、あすかは却って同情を買って、責められることはなかった。それに、死んだ議員の関係者の方でも、早く事態が忘れられることを望んでいたのだろう。マスコミは早々に手を引いてしまった。

市川は、ホールへ招待されていたが、どうしたものか迷っている。

川畑あすかがステージで喝采を浴びる姿など、見たくなかったのである。

帰るか……。

歩きかけた市川の目に、大勢の野次馬の中でもまれている川畑亮の姿が見えた。

間違いない！

市川は、あわてて人をかき分けると、川畑亮の方へ近付こうとした。しかし、ちょうど誰かスターの乗ったリムジンが到着し、人の塊がドッとその方へ移動した。

市川はその流れに逆行しようとしていたのだが、とても無理だった。

「どいてくれ！——通してくれ！」

市川の叫びなど、ファンたちの甲高い叫び声にかき消され、川畑亮の姿もたちまち見えなくなってしまった……。


ホテルの部屋のドアをノックする音がして、ソファで休んでいた悠子がパッと立ち上る。

「急に動いちゃだめですよ」

佳美が止めて、「出ますから」

と、ドアへ近寄り、

「どなた？」

「高林だよ」

「良かった！　来てくれたのね」

ドアを開けると、高林の大柄な体が、それでも精一杯、おずおずと入って来た。

「——私の彼氏です」

と、佳美が悠子に紹介する。

「よろしく。あすか君は？」

「ゆうべ興奮して眠ってないの。今、奥の部屋で寝てるわ」

「そうか。——実はね、川畑亮さんがどこにいたか分ったよ」

「え？　どこだったの？」

「亮さんのお母さんが訪ねた、亮さんの友だちの勤め先の近くにね。そのビルの地下で、ホームレスの段ボールの家に寝ていたそうだ」

「ホームレス……」

「なかなかきちんとした人で、〈紳士〉ってあだ名だそうだよ」

「でも、亮さんは？」

「Kホールへ行くと言って出たそうだ」

「じゃ、この近くにいるのね」

「凄い人出で、捜せるかどうか分らないがね」

「でも、捜してみましょう！」

と、佳美が言って、「悠子さん、あすかをよろしく！」

と、ひと声、高林と一緒に出て行くと、

「言われなくても、『よろしく』やってますよ」

と、悠子は呟いて、それから自分で笑ってしまったのだった。

33　照明と暗闇

始まってしまえば、もう何があっても止めることはできない。

それがＴＶの生中継というものである。

一分一秒の狂いもなく、きちんと時間枠に納めなければならない。どんなことが起こるか分らないが、大地震でも来ない限り、止まることはないのだ。

番組がスタートしたと同時に、客席はどよめきに包まれた。歓声と甲高い叫び声。

これは、番組が終るまで続くのである。

——会場の中の様子は、ホールの前に集まっている何千人もの、入場できなかったファンのために用意された壁面の巨大パネルに映し出されるので、中の熱狂は、そのままいっそう増幅されて外でも盛り上るのだった。

「——とても無理ね」

と、佳美は、人ごみをかき分けるのにくたびれ果てて言った。「もう始まってるわ。中へ入ろう」

「だけど、僕は入場券なんか持ってないよ」

と、高林が言うと、

「大丈夫！　私、〈ＳＴＡＦＦ〉のプレート着けてるから、裏から入れる」

と、佳美は高林の腕を取って、裏手の〈楽屋口〉へと人の間を縫って行った。

佳美と高林は、あすかの兄、川畑亮を捜して、Ｋホールの近くを歩き回ったのだが、何といっても人出が多過ぎて、とても見付けられなかったのだ。

そして――やはり川畑亮を捜していた男がいる。

市川である。

亮の姿をチラッと見かけて、必死で捜していたのだが、やはりこちらも人ごみに紛れて見失ってしまった。

「――始まったか」

と、大画面のステージの映像を見上げて、諦めると、Ｋホールの正面入口へと向った。

もちろん市川は関係者の招待状を持っているのである。

ポケットから招待状を取り出すと、ポンと肩を叩かれる。振り向いた市川は目を疑った。

「やあ……」

と、市川は亮に言った。「君……来てたのか」

「あすかの姿を見たくてね」

と、亮は言った。「でも招待状がない」

「そんなの、任せとけ」

と、市川は笑って、「俺の顔で何とでもなるよ」

「そう？　ありがたいな」

「行こう」

市川は亮の肩を抱いて言った。

——もう逃さないぞ！　市川は、どうやって社長へ連絡しようか、と考えていた。


「来た！」

と、佳美は、楽屋へ駆け込んでくるあすかに手を振った。「あすか！」

「佳美！」

あすかは息を弾ませて、「誰も気付かない内に、と思って、パッパと通り抜けて来た。——悠子さん、どうしたのかな」

と、振り返ると、出川悠子がやって来た。

「どうしたの？」

「どうもこうも……。一人でさっさと行っちゃうんですもの」

と、マネージャーの悠子は息を切らしている。「さ、楽屋の〈C〉がもう空くはずですから」

「うん」

促されて、あすかは楽屋へと向う。

――「戦場のような騒ぎ」とよく言うが、佳美は戦場を知らないので何とも言えないにしても、それは確かに一種の「戦場」だった。

出番のすんだ歌手、これからの歌手、そして一人一人のバックが違うし、ステージに出るコーラスやダンサーも、次々に入れ替る。

決して広いとも言えない舞台裏は、ごった返していた。

〈楽屋C〉のドアをノックすると、中から開いて、

「少し待って」

と、拝むように言ったのは、ある有名なタレントのマネージャー。

「出番まで、あんまり間がないんですよ」

と、悠子が言うと、

「分ってるけど……」

中を覗くと、その男性タレントが、衣裳のままで携帯電話で話している。その様子で、相手は女の子に違いないとすぐに知れる。

「あのね、決った時間に空けてもらわないと困るんです」

　と、悠子がくり返す。

「ええ、でも……。お願い、少し待って」

　女性マネージャーは、どうすることもできないらしい。

「うるせえな」

　と、そのタレントが顔をしかめて、

「何だ！――誰だって？」

「あの……川畑あすかちゃんです」

　と、マネージャーが答える。

「何だ。あの、じいさんに抱かれた女か。待たしとけ」

　と、鼻先で笑って、「――もしもし。――ああ、いいんだ。俺は自分の好きなときに好きなようにするよ」

　悠子が、そのマネージャーを押しのけると、中へ大股に踏み込んで、

「出て下さい！」

　と、そのタレントに向って怒鳴った。

「ベテランも新人もない。プロ同士じゃありませんか！　プロらしく行動して下さい！」

その剣幕に、相手はすっかり呆気にとられてしまい、あわてて自分のバッグをつかんで出て行った。

「——凄い迫力」

と、あすかが言った。

「やるね」

佳美は悠子のようなタイプ、好きなのである。

「急いで！」

悠子は、あすかへ向って言った。

「うん。——あ、ごめんなさい」

ゾロゾロとステージの方へ駆けて行く女の子たちと、肩を触れ合ってしまったのだ。

あすかは、佳美と一緒に楽屋へ入り、すぐ衣裳を着替えたが、

「今の人……」

と、手を止めて、「どこかで見たことあると思った」

「何のこと？」

「今、ステージへ出てった子たち、いるでしょ。中に一人、どこかで見たことのある子がいて……あれ、ミチさんだ」

「ミチ？——近藤ミチ？」

「うん、私、知ってるもん。角倉社長さんがよく連れて歩いてた」

「でも、クビになったんでしょ」

「そう、この業界では仕事できないだろうって……」

と、悠子が言った。「そのミチさんが、ステージに？」

「うん。その他大勢のダンサーだったけど、あれ、ミチさんよ」

「TVに……」

楽屋には、ステージを映し出しているモニターが置かれている。

そこに、歌っている歌手と、バックのダンサーたちが見えていた。

「——ダンサーの顔までは分んないね」

と、佳美が言った。「でも、いくら何でも一度はスターだったのに。こんなバックダンサーなんか、やる？」

「でも確かに……」

「今は、自分のことだけ考えて！」

悠子に一喝されてしまった。

——佳美は、何となく気になって、楽屋を出ると、廊下で待っていた高林に今の話をした。

「あすかの見間違いかもしれないけど……」

「近藤ミチか。君、顔分る？」

「うん、顔ぐらい知ってる」

「じゃ、今の人たち、終ったらここを通って戻って来るだろ。その中にいるかどうか、ここで見ていよう」

「そうね。――別にどうってことないだろうけど……」

ステージの方から、客席の歓声と拍手が聞こえてくる。

「凄い熱気ね」

と、佳美が言った。「あすかもステージに立つんだ。――あがらないといいけど」

つい、笑ってしまう。二人で組んでいたころ、いつも出を間違えていたあすか。そのあすかが、今はステージに一人で立つ。

「――来たよ」

と、高林が言った。

同じ格好の女の子たちが、汗で顔を光らせながら、ゾロゾロと戻ってくる。

佳美は傍へ退いて、その顔をずっと見て行った。

「――いない」

と、首を振って、「一度にワッと通って行ったから、見落としたかもしれないけど、気が付かなかったわ」

「知ってる顔は、目につくもんだけどね」

と、高林が言った。

スタッフが駆けて来て、

「川畑あすかさん！　出番です！」

と怒鳴った。


ステージがとんでもなく広く感じられる。

あすかは、スポットライトの中、ステージの中央へと歩いて行った。とたんに、割れるような拍手と、「あすかちゃん！」という叫び声。

「――音楽が聞こえない」

と、悠子が顔をしかめる。

「大丈夫。落ちついてますよ」

佳美は、ステージの袖で、あすかの歌う姿を見守っていた。

「――すっかりスターだな」

と、声がして……。

「亮さん！」

佳美はびっくりした。川畑亮が立っていたのだ。

「黙って入って来ちゃった」

と、亮は、申しわけなさそうに言って、「色々心配かけて、悪かったね」

「いいえ。――もう、どこへも行かないで下さいね」

「うん……。逃げてても解決はつかないんだって分ったよ」

亮は肯いて、「あすかだって、ああして頑張ってるんだ。兄の僕が、迷ってばかりいちゃ……」

「あそこに誰かいる」

と、高林が言った。

「え？」

ステージは、全体に暗くて、照明は中央のあすかを捉えているのだが、背景に階段が組んである。その傍の暗い所に、うずくまっている人影がぼんやりと見えた。

「スタッフの人じゃない？」

「そうかな……」

ワンコーラス終って、あすかが客席に向って手を振った。

そしてあすかは、マイクを持ち直すと、

「皆さん、色々ご心配をおかけしました」

と、はっきりした声で言った。「この世界は華やかですけど、一方で辛いこと、いやなことも沢山あります。でも、大人になって、生きていく限り、どの世界も同じだと思うんです。私は、何があっても、歌うことが大好きなんです」

拍手が一段と高まる。

「――同時に、聞いて下さるみなさんと、いい友だちに支えられていることも忘れません。歌うことで、そのご恩に報いたいと思っています……」

階段のセットのそばにうずくまっていた人影が立ち上った。

――ミチは、手にしたナイフをしっかり持ち直すと、背後からあすかへと近付いて行った。

ライトはあすかに集まっている。ミチに気付く者はいなかった。

私から、ライトを奪ったお礼をしてやる！

どうせ、もう二度と日の当ることがないのなら、このまま消えてたまるもんですか！　あんたも一緒よ！

ミチは落ちついていた。まるで、これから自分が歌うのだとでもいうように、気分は高揚していた。

あすかが再び歌い始める。――一心にマイクを握りしめているあすかの、無防備な背中が目の前にあった。

ミチはナイフを振りかざして――。

そのとき、曲のリズムが変って、正面から、溢(あふ)れんばかりの照明がステージ全体を照らした。

ミチは目がくらんだ。一瞬、ナイフを持つ手が止る。

誰か、客席の前の方の女の子が、悲鳴を上げたが、あすかは何も気付かなかった。

ミチは気を取り直して、ナイフを振り上げた。

そこへ――突然、ミチとあすかの間に飛び込んで来たのは、亮だった。

ミチは何が起ったのか分らなかった。

ナイフの刃が、急に目の前に現われた男の肩へ食い込んだ。

とたんに、高林が駆けて来て、ミチを押し倒した。

あすかが初めて背後の騒ぎに気付いて振り向いた。

「お兄さん！」

亮が、ナイフの刺さった肩を押えて、

「いいから歌え！」

と言った。

スタッフが、佳美と悠子が駆けてくる。ステージの照明が切り換って、あすか一人にスポットが当った。

「お兄さん……」

「大丈夫だから、歌え！——お前、歌手なんだぞ！」

亮が倒れかかるのを、佳美と悠子が支える。

スタッフが、ミチを連れて行く。高林が亮を支えて、袖へと急いだ。

ほんの数秒間の出来事で、前の方の客以外は、何があったのか、分らなかったろう。

「お兄さん……」

あすかは、手にしたマイクを見下ろした。

音楽は続いている。——そう、音楽は何があっても止らないのだ。

あすかは、客席の方へ向き直った。

そして、また歌い始めた。——その声は、一段と力強く、客席の一番奥までも届いて行った……。

エピローグ

お昼休み、ＯＬでにぎわうティールームに、高林が入ってくるのが見えた。

佳美が、窓ぎわの席で手を振ると、高林もすぐに気付いてやって来た。

「――暑いね。まだまだ」

と、座って汗を拭くと、「夏休みの宿題は順調？」

「いやなこと訊かないで」

と、佳美がにらむ。「手伝ってあげようか、ぐらい言って」

「君は、そんなことといやがるだろ」

「ちっとも。――でも、そう誤解されてる方がいいかしら」

と、佳美は笑った。

高林はアイスコーヒーを注文して、

「――亮さんの傷は？」

「うん、左腕が少し不自由になるかもしれないって。でも、それ以外は大丈夫らしい」

「もう少し早く気が付いていれば良かったな」

「びっくりしたわね、あの亮さんが、凄(すご)い勢いで飛び出して行って……」

高林は、アイスコーヒーが来ると、そのまま飲んで、

「苦い！──でも、目が覚めるよ」

と、目を白黒させた。

「やっぱり……チカって子を殺したのは、亮さんらしいわ」

と、佳美は言った。「でも本人も憶(おぼ)えてないのよ。──チカさんに突然拒まれて、ショックで何も分らなくなったって……」

「病気なんだよ。亮さんのせいじゃない。あんな筋書きで、『暴行された』ことにしようとした、市川って奴がいけない」

「うん。警察も、呼出して事情を聞いてるって」

と、佳美が肯(うなず)いた。「ひどいよね、人の弱さにつけ込んで」

「あの中津も、近藤ミチを出演させたりして、責任は感じてるのかな」

「悠子さんがね、怒っちゃって。今なら、中津も角倉も言うこと聞くから、あすかの契約の条件を思い切り良くさせてやるって張り切ってる」

「あの人は怒ると怖そうだな」

と、高林が笑って言うと、

「——誰が怖いんですって？」

佳美と高林が顔を上げると、当の出川悠子が立っている。

「あ……どうも」

と、佳美がニッコリ笑って、「ごきげんよう……」

「今、あすかさんたちも来ます」

「え？」

面食らっていると、あすかと、母親の川畑しのぶがやって来た。

「佳美！」

「あすか！　どうしたの、こんな所に？」

「今、病院に見舞に行って来たの」

「お兄さん、どう？」

「うん。傷が痛むと、他のことを忘れられるって」

「早く良くなるといいね」

「角倉さんが、お兄さんの治療については全部面倒見てくれることになったの」

「当然よ」

「——佳美ちゃん」

と、しのぶが言った。「あなたにはひどいことを言ってしまって、ごめんなさい」

「いいんです」

「いいえ、亮のことが心配で、つい……。許してね」

——ウエイトレスが、

「ご注文は?」

と、ふくれっつらで言った。

立ち話ばかりされていては、商売にならないのだ。

「——高校を出るまで、ステージやTVの仕事は極力減らす。きちんと休みがとれるようにする。いくつか条件を中津に呑(の)ませました」

と、悠子が言った。

「長く歌える歌手でいたいものね」

と、あすかが言った。「まだまだ勉強することが沢山あるわ」

「そうよ、焦ることない」

「あの近藤ミチみたいになったら、哀れだものね……」

——事件の波紋も、一週間ほどたつと次第に消えて行った。

むろんミチは殺人未遂と傷害罪で逮捕されたが、中津も角倉も、ミチに騙(だま)されていたわけで、大分しょげていた。

「実は角倉社長の頼みで」

と、悠子が言い出した。「高林さんに、ぜひKプロへ入っていただけないだろうか、とのことなんですが」

高林が目をパチクリさせて、

「僕、歌も芝居もできませんが」

「いいえ、タレントとしてじゃなく、社員として。人の心をつかむ才能がある、と感動したらしいんです、私の話で」

「ちょっと、それって……」

と、佳美が言いかけると、

「心配しなくていいよ」

と、高林は笑って、「お気持はありがたいんですが、部外者だから分ることもある。これからも、あすか君のことを、ファンの一人として見て行きますよ」

「そうでしょうね。残念だわ」

と、悠子が言った。「給料を今の三倍出すと言ってましたけど……」

――あすかたちが店を出て行くと、佳美は、

「給料三倍って、先に言ってくれりゃいいのにね」

と言った。

「そうだな。でも、やっぱり断るさ。人には向き不向きがある」

高林がそう言って、「——おっと、仕事が始まる」

支払いは悠子がすませて行ってくれていた。

二人は、まぶしい日射しの中へ出て行って、

「——じゃ、ここで」

と、佳美が手を振る。

「うん……」

高林は急ぎ足で、会社へと戻って行くその後ろ姿は、どうにもスマートとは言えなかったが、でも安心して頼れる背中だった……。


佳美は自分の部屋のベッドに腰をおろすと、ギターの弦を鳴らしてみた。

——自作のメロディを弾いてみると、あすかと二人、〈ゴールド・マイク〉に応募して、一緒に歌ったときのことを思い出す。

あれから、何十年分もの出来事が一度に起こったみたいだった。

でも——確かに、あすかは今、違う世界にいるのだ。

「上手ね」

と、友だちがほめてくれて嬉しがっていれば良かったころとは違う。

アマチュアとプロの違いは大きい。またそうあるのが当然なのだ。

「頑張って、あすか」

と、佳美は呟いた。

「お姉ちゃん！」

可愛が顔を出す。「ちょっと宿題教えて」

「黙って開けないでよ」

「はいはい。──また何か作ってたの？」

「そうじゃないわ。まだ……」

と言いかけて、「ね、可愛、あんた一緒に次の〈ゴールド・マイク〉に出ない？」

「私が？」

「うん。まだ間があるからさ、これから曲作って……」

「やめとくよ」

と、可愛が言った。「また私の方だけスターになったりしたら、お姉ちゃん可哀そうだもん。ね、ここんとこ教えて。──何よ。──人殺し！」

可愛は、あわてて姉の部屋から逃げ出したのだった……。

解説

山前 譲

二〇一八年に公開されたレディー・ガガ主演の『アリー／スター誕生』(A Star Is Born) は全米で大ヒットし、年末公開の日本でも注目を集めた。バーのウェイトレスがスター歌手への階段を上っていく物語だが、じつは"A Star Is Born"と題された映画はこれが最初ではない。

一九三七年に公開された『スタア誕生』がその最初で、リメイク版としてジュディ・ガーランド主演の『スタア誕生』が一九五四年に、バーブラ・ストライサンド主演の『スター誕生』が一九七六年にも公開され、いずれも高い評価を得ている。最初の二作は映画業界が舞台、次の二作は音楽業界が舞台だが、栄光を摑むまでの苦難の道のりはまさにドラマチックで、観客の心を揺さぶるのだろう。

そして一九九九年四月に幻冬舎より刊行されたこの『ゴールド・マイク』も、アイドルへの道を歩みはじめた高校生二年生の女の子の、「スター誕生」の物語である。華やかなスポットライトを浴びるアイドルだが、その光は影も作ってしまう。けっしてストレートなサクセス・ストーリーとはならないのだ。

川畑あすかは同級生の前田佳美とともに、ゴールド・マイク新人大賞に挑戦した。まだスタートして五年目の賞だが、すでに優勝者はスターの座を摑んでいる。自作の歌を自分で歌うというこのコンテストに、ふたりは過去二回挑戦したけれど、残念ながらグラン・プリには手が届かなかった。あすかがボーカルで、佳美がギターで伴奏するのだが、三度目の今回はいい感じだった。ところが、肝心の聞かせどころであすかがとちってしまったのである。

当然ながら落選だったが、思いもよらぬことが起こった。あすかだけが審査員のひとりから声をかけられ、NK音楽事務所にスカウトされたのだ。そして、あれよあれよという間に、歌手デビューへの道が敷かれていくのだった。

一九六〇年代半ばの大ヒット曲にシルヴィ・バルタン「アイドルを探せ」があるが、日本で〈アイドル〉という呼称が広まったのは一九七〇年代からではないだろうか。歌唱力だったりルックスだったり、それぞれに個性的で、十代という若さが生みだす躍動感が魅力のひとつとなっていた。そして、それまでの〈スター〉に代わって、〈アイドル〉が若者の憧れの存在となったのである。

映画会社や芸能プロダクション、あるいはテレビ局が、アイドルのスカウトのためにさまざまな企画を催した。なかでも話題を呼んだのは一九七一年にスタートした日本テレビのスカウト番組「スター誕生！」で、実際、そこから多くのアイドル歌手が誕生している。

　出場希望者は厖大な数で、ほんの四小節しか歌えなかったという予選を突破して、テレビで放映される予選会に出るまでは大変だった。公開録画されたその予選会では、会場の一般審査員とプロの審査員が採点する。一定の得点をクリアすると、決戦大会に出場できた。

　そこで審査するのは芸能事務所やレコード会社のスカウトマンで、これぞという出場者をその場でスカウトするのである。複数の社がスカウトした出場者もいれば、どの社からも声のかからなかった出場者もいた。じつにスリリングな、そしてある意味切ない番組構成だった。

　このように、いわばダイヤモンドの原石を、芸能界の関係者はいつも探してきたのである。そこに競争原理が働くのは当然だ。ライバル社に先を越されてはいけないし、時には引き抜き工作もあるだろう。あくまでも経済活動のひとつなのである。

　もちろん、みんなから愛されるアイドルを、この手で育てたいと思っている人は多いだろうが、金銭が絡めば必然的に策謀と欲望が渦巻く。『ゴールド・マイク』の川畑あすかも、アイドルとしての素材を高く評価されたが故に、芸能界の駆け引きに巻き込まれていく。まだデビューする前なのに、あすかの周囲にさまざまな不穏な動きが……。

あすかはすぐKプロのスタジオに連れて行かれ、今の音楽界で五人のうちに入るヒットメーカーの水科雄二の前で歌う。そして水科はなんと、「君の声には独特の魅力がある」と言うのだった。Kプロのライバルである B プロの取締役の市川は、いち早くあすかがスカウトされたことを知り、佳美のところにNK音楽事務所と契約しないようにと電話をかけてきた。佳美にはなんのことかさっぱり分からなかったのだが。

Kプロの社長の角倉は水科からあすかのことを聞き、期待を抱く。というのも、Kプロは倒産の瀬戸際にあったからだ。角倉は、自社に所属するタレントの近藤ミチを愛人にしていたが、強引に手を切り、妻の父である代議士の大崎に援助を求めるのだった。

一方、市川は川畑家に接近する。あすかの兄の亮は大学を出て有名企業に就職したものの一年足らずで退社してしまい、今は家でぶらぶらしているという。何か利用できないだろうか。市川が画策する。そしてあすかの芸能活動は、父や母の生活にも波紋を投げかけるのだった。

ボイストレーニングにダンスのレッスン、そしてインタビューと、川畑あすかは忙しい日々をおくる。デビュー前なのにもうファンができた、そのあすかに向けられる大崎の視線が――。事件もあすかに迫ってくるのだった。

デビューCDが大ヒットしてホッとするあすかだが、不安もいっぱい抱えている。そんなあすかを支えるのは、一緒にゴールド・マイク新人大賞に出場した前田佳美だ。もちろん嫉妬心がないといえば嘘だろう。けれど、あすかがいつも誰かに頼っていないとやっていけないことも知っている。

通知表を代わりに受け取ったりと、佳美はあすかをさまざまな形でサポートする。そしてボーイフレンドの高林(たかばやし)とともに、迫る危機にも果敢(かかん)に立ち向かっていくのだ。元気いっぱいでお茶目な佳美の妹、中学生の可愛(かわい)の活躍も見逃せないだろう。普通の高校生だった「川畑あすか」がスターに変身するまでの道のりは、まさに波瀾万丈なのである。

『ト短調の子守歌』、『殺人はそよ風のように』、『やさしい季節』、『虹に向って走れ』、『沈黙のアイドル』、『記念日の客』など、アイドルに注目した赤川作品は本書以外にもいくつかあるが、より具体的にアイドルを意識するのは赤川作品を原作とした映画ではないだろうか。

『セーラー服と機関銃』、『探偵物語』、『晴れ、ときどき殺人』、『トロピカルミステリー 青春共和国』、『愛情物語』、『いつか誰かが殺される』、『結婚案内ミステリー』、『早春物語』、『どっちにするの。』(原作は『女社長に乾杯!』)、『死者の学園祭』、『セーラー服と機関銃―卒業―』などと、スクリーンでアイドルが躍動していた。

そんなアイドルへの道は、あすかが見出されたようなコンテストやスカウト番組だけではない。たとえば赤川作品の『鏡よ、鏡』では、原宿でスカウトされるのを待っていた少女の失踪が発端となっていた。路上ライブが歌手デビューのきっかけになったりもする。近年はアイドルユニットが注目を集めているから、そのメンバーを募集するオーディションが毎月各所で行われている。

そんなアイドルへの階段を一気に上って川畑あすかは、光り輝いている。秘められていた魅力が花開き、ファンをどんどん獲得していく。その姿はやはり「スター誕生」としか言いようがないだろう。

二〇一九年一月

この作品は２００１年10月幻冬舎文庫より刊行されたものを底本としました。なお、本作品はフィクションであり実在の個人・団体などとは一切関係がありません。

徳間文庫

ゴールド・マイク

2019年2月15日 初刷

著者 赤川次郎（あかがわじろう）

発行者 平野健一

発行所 東京都品川区上大崎三―一―一 目黒セントラルスクエア 〒141―8202
株式会社徳間書店

電話 編集〇三(五四〇三)四三四九 販売〇四九(二九三)五五二一

振替 〇〇一四〇―〇―四四三九二

印刷 製本 大日本印刷株式会社

ISBN978-4-19-894436-0 （乱丁、落丁本はお取りかえいたします）

徳間文庫の好評既刊

赤川次郎

幽霊から愛をこめて

高校一年の大宅令子（おおやれいこ）は、編入先の全寮制山水（やまみず）学園へ向かっていた。同行する父は警視庁捜査一課の警部。道中、昨夜起きた殺人事件を知る。なんと学園の女子生徒が寮へ戻るところを殺されたという。直前まで被害者と一緒にいた同級生は「白い幽霊をみた」と話していた。事件に首を突っ込みたくなるタチの令子は真相を探り始める。一方、東京のＮデパートでもよく似た殺人事件が発生する！